菲安 著

没有发生的爱情

SPM
南方出版传媒
花城出版社
中国·广州

图书在版编目（C I P）数据

没有发生的爱情 / 菲安著. -- 广州 : 花城出版社,
2016.5
ISBN 978-7-5360-7916-8

Ⅰ. ①没… Ⅱ. ①菲… Ⅲ. ①中篇小说－中国－当代
Ⅳ. ①I247.5

中国版本图书馆CIP数据核字(2016)第071846号

出 版 人：詹秀敏
责任编辑：张　懿　李珊珊
技术编辑：薛伟民　凌春梅
封面设计：刘红刚
插图绘制：Micqian

书　　名　没有发生的爱情
　　　　　MEIYOU FASHENG DE AIQING
出版发行　花城出版社
　　　　　(广州市环市东路水荫路 11 号)
经　　销　全国新华书店
印　　刷　佛山市浩文彩色印刷有限公司
　　　　　(广东省佛山市南海区狮山科技工业园 A 区)
开　　本　880 毫米 × 1230 毫米　32 开
印　　张　5　2 插页
字　　数　60,000 字
版　　次　2016 年 5 月第 1 版　2016 年 5 月第 1 次印刷
定　　价　25.00 元

前　言

有一些人的爱情，注定了如清晨的雾霭与傍晚的霞云一样无法交集在一起，虽然在同一片天空中。

有一些人的爱情，甚至连亲吻都没有发生过，但它可以是深深的、厚重的，在这种爱中他们彼此远远地守望着、守护着对方的幸福。

目　录

第一章

入学

就像设定了自动驾驶模式一样，沈青城漫无目的地在街上走着，不知不觉地走进了这条熟悉的路，他的脚步在一家招牌上写着“倾城”字样的咖啡馆门口停了下来。透过玻璃门可以望着里面那自己曾经熟悉的情景，他怔怔地站在原地，思绪飞快地飞到了过去……

南方的夏天里一声一声的蝉鸣此起彼伏地伴随着空气里的热浪迎面而来，因迟到一路小跑的沈青城心里更是烦躁了，今天是开学第一天，没想到又要成为被全班行“注目礼”的人了。这种熟悉的被关注感让他特别不舒服，初中阶段他就因为各种离经叛道要酷行径迅速成为了全班男孩的头儿，这是在他那种干部家庭出身的孩子身上较凸显的两种极端表现之一。

每次男生犯错他都是被班主任连带约谈的对象，在班级课室门口被经过的众人行“注目礼”是他校园生活的常态。他不是个爱出风头的人，并且讨厌这种感觉，尽管他大多时候表现出一副跩跩的不羁酷样，但是对老师的态度还算是尊重的，这大概就是我们通常说的有做人的底线吧。

他低头快步走进教室，走到教室最里面一行最后一排属于自己的那个靠墙的座位上坐下，环视了一下周围的环境后，他嘴角微微上扬得意地笑了一下，显然对于这个可以将全班一目了然的战利位置感到心满意足。他幻想着各种上课可以自由发挥而不被察觉的情景，心里正美滋滋的……

“老师……对不起！我迟到了。”一个气喘吁吁跑进教室的女孩打破了沈青城沉浸在幻想中的世界。

这个留着刘海的齐肩长发女孩，拥有一双明亮乌黑的眼睛，嵌在她那张白皙的鹅蛋脸上。作为新学期的插班转学生，老师让她做自我介绍。她转过身面向着全班同学抿了一下嘴，低垂着眼睑声音不是很大地说：“我叫唐晚霞……”

没等她说完，教室里传来了几声哄笑：“喂，青城，你的朋友来了。”

“哈哈……你们一个‘清晨’，一个‘晚

霞’的，凑一对吧！”

教室里顿时热闹起来，各种大笑和窃笑声。正当唐晚霞被这突如其来的场面弄得满脸通红窘迫得不知所措时，班主任陈老师及时出手镇压：“都给我闭嘴，像什么话，你们那几个思想太不端正了，我们班的男女同学都要保持纯洁的同学友谊，不许给我乱来！唐同学是别校转过来的优异生，你们以后要多向她学习。”哄笑声戛然而止，被陈老师义正词严地喝止住了。

唐晚霞低着头快步走向陈老师给她指的座位，正好是沈青城前面那个座位。她走近座位时，看见与沈青城同桌的易东用手肘撞了一下他，挤眉弄眼地看着没有表情呆住的沈青城吃吃偷笑着。唐晚霞即刻明白眼前这个鼻梁高挺，那张没有青春期明显痕迹的白净脸上，眼睛深邃地嵌在凹凹的眼窝里，面部毫无表情冷傲的清瘦男孩就是沈青城。但就在他们俩目光接触的那一刻，几乎是同时，他们仿若触电一样迅速将目光移开。唐晚霞故作镇定地转身坐在了座位上，揣着刚才那如电光石火般的激烈心跳，她在想：难道这就是书上说的一见钟情的感觉吗？

开学后几周的一个下午课间休息时，陈老师将唐晚霞叫到操场边上的树荫下谈话。看着篮球场上从一众抢球的男生中带球跑出的沈青城，陈老师语重心长地说：“晚霞，你作为学习委员要多帮助一下落后的同学，将他们的成绩搞上来，尤其是这个沈青城。他是这班不爱学习男生的头儿，本身很聪明，主要是对学习不用心。如果能够帮助他提高学习成绩，就可以带动其他的落后男生一起进步了。你明白了吗?”

唐晚霞略带疑惑地看着陈老师，迟疑地点点头，小声挤出了一句:“明白了。”

布置完任务的陈老师看着唐晚霞表完态后满意地转身走了，留下了茫然而忧心忡忡的唐晚霞。她的眼睛在篮球场上一众人里迅速就搜索到了沈青城，他是那种淹没在人群中能一下子被发现的人。这是她第一次仔细看他，穿着背心挥汗如雨的他边跑边用手将额头的汗水甩掉，身材高挑的他在人群里左右穿梭很是灵活，讲话时轮廓分明的帅气面庞上时而露出一个酒窝……

唐晚霞此刻怔怔地看着他，竟发起了呆。一直在树梢上低鸣的那些小蝉之类的小东西此刻的叫声突然变得很响亮了，它们就像是在集体嘲笑唐晚霞一样，她如同被惊醒了一

样回过神来，但此刻的心已被吵乱了。从那时开始，唐晚霞的眼睛就常下意识地在人群中搜索他的身影，观察他的一举一动，寻找着可以跟他说话的机会。有几次，在校园与沈青城面对面走过时，当他们俩的目光对到一起时就都不约而同羞涩地将眼睛移向别处。

唐晚霞的同桌华琳是校花，五官无可挑剔地分布在她那张精致的瓜子脸上，一双凤眼总是笑眯眯的，身材高挑而匀称，在这个青春期的发育年龄里她算是发育得比例很完美了。性格开朗的她经常发出银铃般的笑声，由于是众男生的关注焦点，在她脸上经常会绽放着如宠儿般甜甜的优越感。

为了吸引她的注意力，易东每天回课室就将桌子往前推一下，让华琳和唐晚霞的座位与桌子间挤出了一个迈不进腿的狭窄空间。

沈青城每次入座前看到这一幕都会心地摇头轻笑，然后等着看易东与华琳打“口水战”。而每一次的结局几乎都是易东眯着他那单眼皮的小眼睛用那张圆圆的肉脸堆着谄媚的笑道歉落败，然后由性格要强而又口齿伶俐的华琳以训导他一番的胜利结局告终。每当这个时候，易东表现得出奇地柔顺，一副俯首称臣的样子并频频点头称“是”，很是享受。

这一天，华琳请假没来，走到座位边上的唐晚霞又看到了座位被挤成了狭窄迈不进腿的样子，于是就将易东和沈青城的桌子往后推移了一下。咣的一声，桌子迅速又被推前了，唐晚霞被这突如其来的一下吓了一跳，她板着脸跟易东理论：“你凭什么这么野蛮不讲理?!”

易东撇了一下嘴露出不屑的笑一脸痞样地

说："我就是这样不讲理了，又怎么样啊?!"

唐晚霞彻底被激怒了，她瞪着易东怒斥道："死冬瓜，你忘了华琳平时是怎么收拾你的吗?!我会将你今天的罪行告诉她，让她收拾你的!"

"咦，你个死八婆，你以为你是华琳呀，还居然敢叫我的花名，你死定了!"易东凶巴巴地从座位上跳了起来吼着。

眼看一场战争一触即发，只见一直静静坐着看热闹的沈青城一把拽住了易东，将他拉坐了下来，慢条斯理地笑嘻嘻说："冬瓜，你干吗呢，跟个女生斗有意思吗?!还真以为'冬瓜'这两字是人家华琳给你专属的爱称啊，嘿嘿……"

一场干戈就这样被化解过去了，唐晚霞感激地转头看了一眼沈青城，发现他也正用似笑非笑的眼睛看着自己抿嘴在笑。在他抿嘴笑的那一刹那，她觉得那个笑容是那么好看，像一道阳光照进了心里，一下融化了一切。

沈青城的那一次“英雄救美”行为倒是给唐晚霞留下了一个完成陈老师的“帮学任务”的机会，也给了她与他说话的勇气。

在一次英语测验前，唐晚霞转头对后桌的沈青城小声说：“试卷先不要写名字，一会儿我们换过来。”

沈青城有点诧异地看着眼前这个一向腼腆不多话的唐晚霞。还没等他回过神来，旁边的易东马上伸长脖子谄媚地笑着凑近自己前座的唐晚霞说：“那就辛苦你帮我也换了，我保证不跟别人说，多谢了！”唐晚霞扭头厌烦地白了易东一眼，只见他嬉皮笑脸地双手抱拳向她拱了一下。

偷换试卷这样的大胆行径，对于这个从小在学校和家里“两点一线”的教育模式中成长起来的姑娘来说，可谓壮举了，况且她还是学习委员呢。当时她也没搞懂自己为什么会这样，到底是因为自己责任心重太急于完成陈老师那个不可能完成的任务呢，还是分明心里就有一股暗流推动着自己这么做？反正，这是她人生中第一次干“离经叛道”的事。也许正是这一次的开始，让她今后循规蹈矩的生活一次一次地切换到“离经叛道”的路上。

完全理解当年自己为何有那番大胆壮举时，已是许多年以后了，她慢慢明白那是因为爱，是爱给她的力量。

估计陈老师怎么都不会想到这个文静而又

懂事的姑娘就这样成为了沈青城一伙的了。这个真相也是在许多年以后的聚会上唐晚霞向陈老师坦白的，然而让她更震惊的不是陈老师对于这个当时的真相并没有表现出惊讶和在意，而是她慈祥地拉着唐晚霞的手笑眯眯讲出了一番让她惊呆了的话："在我们班里，我一直觉得你和沈青城好般配，后来你们怎么就没有能在一起呢?！好可惜哦！"

在对沈青城进行"帮助提高"的那次英语测验后，唐晚霞的仗义行为让她迅速地打入了这群男生内部，他们每个周末都会组织男女同学一起参加的各种体育活动和郊游活动。每次活动大家骑单车时，沈青城都会跨在单车上一只脚撑着地像等人一样环顾四周找寻唐晚霞，就像是约好了一样，唐晚霞也总是会很自觉地走向沈青城的单车，很自然地坐在他车后，用手轻揽着他的腰。

这个周末的出游，沈青城心情显得特别轻松愉快，平时话不多酷酷的他骑着单车一路都在与唐晚霞讲笑话。到了目的地时，唐晚霞才知道他已为她买了一个奶油蛋糕，让其他同学藏着偷偷带来，准备给她一个惊喜。这确实是个惊喜，这份惊喜不仅仅是因为在当时蛋糕简直就是奢侈品一样的美食，更主要的是这代表着对于她的肯定态度。因为，她一直都知道自己最好的朋友华琳很喜欢沈青城，虽然自己也一直努力保持与沈青城处得像哥们一样的分寸，然而她知道在内心深处，他就是那个让她怦然心动的人。但是，她觉得，自己与沈青城之间有很多屏障……初中时，华琳就已喜欢上他了。易东也曾经告诉过她们，隔壁班有一个是沈青城青梅竹马的发小女朋友。在与沈青城交往密切的日子里，唐晚霞一直忍住了对这个问题的好奇心，几次话到嘴边都咽回去了，她想再等等，等自己看出答案。还有就是沈青城虽然与自己走得很近，谈得很投缘，但也只是像好朋友一般，至今他并没有表白过什么。况且平日里他与华琳也处得不错，在沈青城对自己是否有意思这个问题上，唐晚霞一次又一次地在肯定与否定之间徘徊，而自己对沈青城的感觉难道就是爱情吗？还是说，他就是陈老师布置给自己的那个帮扶学习的“任务”？她也拿捏不准，以至于她在沈青城面前尽量地克制自己的情感不敢表露。

那天是唐晚霞十七岁的生日，也是第一次除了父母以外的人给她过生日，用时下的表述形容，就是举办了一个生日 Party。用又惊又喜来形容唐晚霞此刻的心情相当贴切，她似乎已感受到了沈青城在感情上的选择和倾向。看着眼前这个用鲜艳色彩的奶油雕出花瓣的蛋糕，她感激地将目光穿过围着蛋糕的同学们看着不远处的沈青城。穿着白色长袖衬衣的他正斜靠着墙依然是一副跩跩酷酷的样子，笑眯眯地欣赏着眼前这似乎是意料中的一幕，透过树影，阳光透亮地照在了唐晚霞的脸庞上，她正用修长的手指轻轻拂去被微风吹起遮在脸上的头发。当他看到唐晚霞那双明亮且具有穿透力的热切目光投过来时，并没有像平时那样垂下眼帘不好意思地回避，而是迎着她的目光对望着。空间像瞬间屏蔽了一样，只留下了他们的对望，空气也只在他们的对望中流动。

唐晚霞在他那充满期待柔情而深邃的眼眸中读懂了一切，那个眼神从此便种在了她的心里，再也挥之不去。她端起了一份切分好的蛋糕，迈着轻盈的脚步走到他面前，天蓝色的齐膝连身裙裙摆随着她的步伐有节奏地一晃一晃。就在他接过递过去的蛋糕那一刹那，他的手指触碰到了她端着盘子的手指，很缓慢地滑过，唐晚霞只感到那一刻的时间像是凝固了一样被延长了。“谢谢。”端着蛋糕的他露出那酒窝腼腆地微笑着说。

“是我应该谢谢你才对呀，谢谢！”唐晚霞脸上绽出了花一样的笑说。

“那就谢谢我们吧！”沈青城抬起头看着她说。

“嗯，我们！”唐晚霞看着他点点头。那是她第一次觉得“我们”这个词被赋予了不一样的意义。

“哟，沈公子，你够浪漫的呀。同学这么久了，也没见你给谁送过蛋糕啊，你们俩感情确实不一般哦。”穿着红色碎花连衣裙的华琳冷不丁地不知何时冒出来，挂着不太自然的笑来到两人面前酸劲儿十足地说。沈青城一时被她的话噎住，正在低头苦思搜刮词语准备回应呢。

唐晚霞立即接上为他解围了：“哪里呀，他是仗义的人，对像我这样的仗义哥们是有恩必报的，对吗？”看着最要好的同桌姐妹酸溜溜的醋样，她只想即刻打消对方的念头，将话题转换。

沈青城瞬间表情恢复了平常酷酷的样子，冷冷地对华琳说：“随便你怎么想。”

正当这三个人陷入僵持的尴尬场面时，易

东带着他那敦厚体积的身体脑门冒着汗地跑过来，小单眼皮笑成了一条缝，脸上堆着讨好的笑对华琳说：“我的女王，小的已为你准备好了溜冰鞋，可以开溜了，就等你去视察工作了。来、来、来，我们起驾！”边说边打算过来拉华琳的手。

华琳将手甩开啐道：“讨厌死了，你个死冬瓜，赶紧给我滚着走！”说罢，径自走开了。

第二章

医院

临近毕业的这个夏天，唐晚霞因急性阑尾炎入院手术了。术后恢复期躺在医院的病床上，她望着窗外在微风中摇曳的树梢，听着被风吹过时树叶与树叶摩擦发出的沙沙的响声。她闭上眼睛醉心地深深吸了口气，这一切是那么的熟悉和惬意啊，眼前仿佛出现走在校园里的林荫道上感受到微风吹拂，树影婆娑间阳光忽隐忽现地跳动在脸上的情景，还有前方树荫下那个身穿白衬衣和黑裤子走路时胳膊有节奏一甩一甩的帅气背影……想到这里，唐晚霞心里一颤：怎么又想到了他?！当她睁开眼睛时，被面前出现的那张带着似笑非笑的眼睛和微笑泛起的酒窝的脸惊呆了！对，就是那张脸，那张在她闭上眼睛后经常看到的脸，沈青城的脸。此刻他和华琳、易东等几个同学就在病房的床前，瞬间她只感到脸发起烫来，好像生怕被别人看穿了刚才自己心里的秘密一样。

她把两只手臂抱着放在自己的脸上叫了起来："哎呀，好丢人哪，这么狼狈的样子让你们看到了。"

还没等沈青城反应过来，华琳就从他后面蹦了出来。她今天穿得特别漂亮，上衣是白色花边小圆翻领的衬衣，束在她那柔软的纤腰下面一条橘红色大裙摆的短裙里，显得她的那双玉藕般的长腿格外修长。那时的她就表现出了穿衣搭配的天赋。华琳一屁股坐在了病床边，拉开唐晚霞的手臂笑嘻嘻地说："你不是他的哥们吗，还有什么可害羞的！"

其实，以华琳冰雪聪明的心怎么会察觉不到沈青城对唐晚霞的心思呢？被男生们众星捧月的她又怎会甘心败给看上去相貌并不出彩的唐晚霞手里？纵然唐晚霞是她最好的朋友，平日里她很维护唐晚霞，好吃好玩的东西都会带回来分享给她一份，漂亮的衣服也会与唐晚霞换着穿，但就是这么一位什么都愿意与唐晚霞分享的人，在感情这个问题上，自尊心极强且又骄傲的她并没有打算让步，对竞争她好像天生就充满了斗志和信心。

然而唐晚霞对待这个所谓的竞争局面却有点谦让的意思，她很珍惜与华琳的友情。在初来乍到的班里，华琳这位同桌是她第一个朋友，也是处处维护帮助她的朋友，她不忍心伤害华琳。但是经过这些日子她也渐渐感受到沈青城对自己的心意了，明白了他的心之所属。面对这种两难的局面，唐晚霞只好选择装傻，选择等待。她跟自己说，再等等，等一个合适的时机，一切就会明朗起来。她不知道，正是因为自己的这种“等待时机”的性格，让她一等就是二十年……

病床上的唐晚霞被华琳这么牙尖嘴利地一说，即刻俏皮地对着沈青城他们说：“嘿，兄弟们辛苦了，大老远跑来看我。”

易东将他那庞大的身躯挤到前面来，挺胸收腹地行了个军礼挤眉弄眼地说：“不辛苦，为人民服务！”尽管他已尽力在收腹，但是那个肚子还是浑圆地突现在他站得笔直的身上。

“哈哈……”病房里瞬间爆发出了一串欢

笑声。

“哎哟，哎哟……好痛啊。”唐晚霞捂着腹部皱着眉头痛苦地说，“我还不能笑，伤口拆完线正在长，否则就会绽开。”

沈青城赶紧靠近病床前，蹲下身关切地看着唐晚霞说：“你没事吧？要不要找医生来看看？”

“不要紧的，不笑就好了。”唐晚霞从刚才的疼痛中缓过劲来给他挤出了一个笑容。

华琳看着蹲在床边的沈青城，心里酸酸的很不是滋味，拉拉他的衣服冷笑着说：“看把你吓的，你没事吧？！”

正在这时，灭火的“及时雨”易东又出现了，他嬉皮笑脸地说：“这下倒好，报仇的时候到了！同学们，平时那些有冤的有仇的报仇的机会来啦。使劲气她，使劲讲笑话，她现在绝对是骂不还口，笑不张嘴，哈哈……”

沈青城站起来笑吟吟地用拳头轻轻在易东胸口打了一下：“你就不怕她好了以后报仇啊？让你的学习一落千丈怎样?!”

易东马上领会地说：“唐侠女，饶命啊!”

还没等他说完，华琳上前掐了一把易东的手臂，白了他一眼说：“你敢欺负她，我先收拾你，将你个冬瓜炖了。”

易东做出夸张的表情号叫道：“哎哟，哎哟，女王饶命哪！小的不敢啦!”

看到他这个样子，华琳被逗得咯咯地笑了起来。

一位板着脸的护士推门进来，冲着他们说：“你们不要这么吵，这里是医院，不是菜市场，吵死人了，会影响其他病人休息的。”

大家立刻安静了下来，沈青城连忙跟护士

HOSPITAL

道歉："对不起啊，我们会注意的。"

护士转过脸对着唐晚霞说："你也别老躺在床上，下来走走帮助肠蠕动和恢复，否则很容易肠粘连的。你们几个带她去院子里走走吧。"

他们这群人就这么被礼貌地请了下来。华琳和一位女同学扶着唐晚霞走在前面，沈青城和几位男同学走在后面，他们就这样一前一后地说说笑笑在医院的花园里漫步。在那个阳光明媚的下午，这群生命力饱满的人让整个医院的灰色大楼似乎都变得明媚起来了。走着走着唐晚霞感到似乎有点力不从心的乏累，她跟大家说要休息一会儿，就在喷水池边缓缓坐下了。

沈青城正打算过来坐在她身边，就被华琳拽了起来，拉着他走到易东他们面前，她说：

“我看晚霞也累了，我们送她回去吧，然后我们商量一下去哪里玩。”

易东拍着手说：“好啊，好啊，我想到了一个地方……”

“谁让你插嘴了?!我还有个地方呢!”华琳抢白着说道。

沈青城说：“我们今天是来探病的，看完病人就回去吧，我不想去玩了。”

华琳不满地看着他说：“好不容易出来了，自从唐晚霞住院了，我们大家就没有聚会了，这次人这么齐，大家就找节目一起玩呗。”

易东马上凑上来附和着说：“对呀，对呀，我们大家伙好久没有一起出来玩了，就别这么快回家了。”

沈青城抬了一下眉头对大家说：“要不你

们去玩，这次我就不去了。”

华琳走到他跟前阴阳怪气地说：“怎么平时别人组织的活动，你每次都参加，这一次我组织的，你就不参加啦？你什么意思啊?!你不会因为没有唐晚霞在就觉得没意思吧？你给大家解释一下呗！”

沈青城被彻底激怒了，他憋红了脸冲着华琳喊道：“对啊，你以为你是唐晚霞吗?!”

这句话一出，不仅华琳惊呆了，所有人都惊呆了，之前的一些关于沈青城和唐晚霞的猜想也就是大家茶余饭后用来消遣八卦一下过嘴瘾的，今天这句话就像被坐实了的传闻一样让人震惊，而且是在大家毫无准备的前提下说出来的。

面对这个局面，有点不知所措的唐晚霞忽然站起来，就像他们谈论的跟她没关系一样，匆匆说了几句："我先回病房去了。你们去玩的也别太晚了，快点去吧！"

由于站起得太快，腹部的伤口隐隐作痛，她强忍着痛企图快步往前走。血糖低的她走起路来左摇右晃摇摇欲坠的样子，就在她以为自己要倒下时，一双手接住了她的手臂将她抱了起来，她感到脸侧靠的那个胸脯里有颗心跳动得强而有力。至今她依然记得当时那笃定温暖的心跳，那是她第一次在一个男人怀里感受到的幸福心跳。一开始被这突如其来的一抱紧张得几乎昏眩过去的唐晚霞在沈青城怀中甚至不敢睁开眼看他，他温暖的心跳给了她一种很踏实的安全感。她缓缓地伸出双臂环住了他的脖子，心里这样说服着自己：这样可以减轻一点给他的重量。

他们是怎样回到病房的，唐晚霞已记忆模

糊了，只记得那天众人跟随着他们俩回到病房后，谁都没说话，匆匆跟她道别后就安静地离开了。那天，华琳的脸色很惨白，后来一直没说话，走的时候满眼哀怨地看了唐晚霞一眼。唐晚霞忽然觉得自己像个罪人一样，伤害了自己最不愿意伤害的人。最后，病房里就剩下沈青城和唐晚霞了，他们看着对方许久都没有说话。还是唐晚霞打破了沉默："你不该跟华琳那么说的，她会很难受的。"

沈青城叹了口气："你别老是担心人家，想想自己吧。"

说完他抬起眼睛看着唐晚霞。她被他那热切的眼神看得有点不好意思，垂下眼睑脸上泛着红说："我自己呀，挺好的，你对我这么好。"

沈青城看着此刻的唐晚霞，心中一股暖流

涌了上来，很想将放在病床边上的手向前移动去触碰同在床边上的她的手，手指移动了一下就停了下来。他很快想到了那个困扰他的问题：父母“许配”给他的那个青梅竹马的女孩吴晓莹。因为两家是世交，从小两人就常在一起玩，可是在他心中从来都是将吴晓莹当作妹妹。但是随着年龄的增长，吴晓莹对这位哥哥表现出的已不是兄妹情，而是爱慕之情。所以，沈青城也在等一个时机，等一个能将自己感情所属向父母表明的时机。他希望高中毕业考上大学时能与唐晚霞去同一所大学，这样就能顺理成章让父母接受，尽管他现在的成绩还与唐晚霞相差一大截。为了这个目标他现在变得特别用功。所以啊，他跟自己说：现在还不能跟唐晚霞表白，不能让恋爱拖累自己，让自己分心，要追上唐晚霞的成绩才行。于是，造成沈青城与唐晚霞之间在沟通上的最初分岔点便是从这一刻的一念之间开始的。

沈青城滑动的手指那个细微的动作被唐晚霞看在眼里了。她看着那只手指修长而匀称的手正在滑向自己，手背上略略凸显的血管让它看起来很有力量，怦怦加速跳动的心跳随着沈青城手指停下来的那一刻也缓了下来。

也许是因为这一刻的怦然心动让她刻骨铭心，直接影响到后来的日子里，每见到男人她总是习惯先看看对方的手来决定第一印象。

唐晚霞迅速将目光移开看着窗外，假装没看到沈青城刚才的举动。窗外黄昏里太阳金黄色的余晖柔和地铺在树梢的叶子上，让树叶像裹了一层金粉，有风吹过时它们拖着沉甸甸的身体时而上下摆动，时而左右摇动，就像此刻唐晚霞的心情，七上八下地左右摆动。她不断在想：他在顾忌什么呢？渐渐地，她已隐约感觉到了让手停下来的外力，看来横亘在她与沈青城之间的最大障碍还不是华琳，而应该是他那青梅竹马的吴晓莹。对，应该就是了，唐晚霞在内心再次肯定了这个判断。沈青城虽然在学校总是表现得很冷傲不羁，但是骨子里他是个很有底线和分寸的人，对待老师和父母还是非常尊重。平时虽然没有对父母表现得言听计从，但是像感情这样的大事，相信他还是会很看重父母的意见的。想想沈青城与吴晓莹同属高干家庭子女，而自己的父母只是工厂科室里普通的行政人员，她要面对的这个竞争对手与自己的距离太悬殊了。本来就算没有吴晓莹这层关系，沈青城在女生中受欢迎的程度已让她感到要获得他的感情有点力不从心，今天沈青城在同学们面前的表现无疑是给了她一个肯定的答案，她心里充满了希望和喜悦。但是，刚才沈青城的犹豫又让她的心跌了下来，对于未来的选择，对于沈青城的感情她没有把握，自卑心让她在感情这个问题上需要别人给予很大的肯定。也正是因为这一点，她当时一直将自己的顾虑和问题憋在心里，没有勇气去找沈青城问个清楚。于是，他们就在各自的猜想中擦肩而过了。

第三章

毕业

收到大学的入学通知书时，唐晚霞异常兴奋和激动，那正是她梦寐以求的学校。她迫不及待地要将这个消息与沈青城分享，同时也迫切地想知道他被录取的学校是不是跟自己同一所，因为事前她知道沈青城也报考这所大学。

她兴冲冲跑到沈青城家的楼下，从他的窗口将他叫下了楼。只见从楼梯上无精打采走下来的沈青城，双手插在裤袋里，穿了一双人字拖鞋，拖鞋跟随着他慵懒的走路节奏拖行出每一个脚步。看着满脸犹如绽放着万道霞光神采奕奕的唐晚霞，他抿嘴一笑，然后一如平时酷跩的样子慢悠悠地问道："你干吗？中大奖啦？"

"对，是大奖，是头等奖！"唐晚霞兴奋地说，"我被第一志愿录取了！"

沈青城像是对这个结果早有意料一样并没有表现出唐晚霞预期的惊喜感，而是平静地说："恭喜你！终于实现了自己的梦想！"

唐晚霞对沈青城此刻的反应感到有点诧异，她紧接问道："难道你不高兴吗？"

"高兴，替你高兴。但是替自己悲哀，我没考上你那所大学，被第二志愿录取了。"沈青城此刻的心情确实很复杂，他知道这所大学是唐晚霞一直为之努力的目标，他既为她高兴，也为此沮丧，因为自己的大学与她的大学不在同一个城市，虽然两个城市相距很近，但毕竟就没有机会可以天天见面了。尽管他内心有一丝这样的愿望，希望唐晚霞能改成第二志愿与他同校，但他马上为自己居然有这样自私和狭隘的想法感到有点惭愧和可笑，垂下眼用手指挠了一下眉毛，有点强作欢颜地笑了笑。空气一下像凝固了一样安静得不得了，他抬起眼看着呆在那里的唐晚霞，用手轻拍了一下她的手臂笑着说："干吗呢？我又不是没考上大学没书读了，你也不恭喜一下我?!"

唐晚霞将略略失望的心情平复了一下，努力让自己挤出了一个笑容："嗯，恭喜啊……我怎么也算是你的补课老师吧，学生有此成绩当然要恭喜啦，你打算怎么犒劳我这个小老师呢？呵呵……"

“哎呀，啧啧……你看你这个贪心的人，学生还没学业有成报效社会呢，你这么就想收获了?!”

唐晚霞咯咯地边笑边追打沈青城……

两个人正嬉笑着互相追打，突然出现的吴晓莹让他们停了下来。

吴晓莹先是一愣，站在那里看着他们，然后拉黑着脸慢慢走到唐晚霞跟前。忽然她转向了沈青城，堆起甜甜的笑容说：“青城，我被你那所大学录取了，以后我们俩就可以一起上学了。走吧，上去跟叔叔、阿姨说一下，他们知道了一定会很高兴的。”

说完她拉着沈青城就往楼上走。沈青城将吴晓莹的手从自己的胳膊上拨了下来，停下来说：“你第一志愿不是我这所大学的呀?”

吴晓莹含羞地抿着嘴一笑说：“人家改

了，要跟你同在一所继续做同学嘛!”

当再次被她硬拽着往楼上走的沈青城回头看时，只见到唐晚霞转身默然离去的背影。

默然离去的唐晚霞一个人在昏暗无力的路灯下踟蹰独行着，她陷入了矛盾的思考中：到底是应该为了感情放弃自己的梦想还是坚持理性的选择？相信此刻的她比“少年维特”还要烦恼，本来与沈青城要分开在两个城市不在同一所大学已经让她有点沮丧了，听到吴晓莹就要与沈青城被同一所大学录取这个消息无疑给她不小的打击，她担心的事情似乎越来越让她招架不住了。

但是父母多年来对她寄予的成为教师的希望，使她不能放弃这所大学和专业。想到父母为了她能考上这所大学省吃俭用地凑学费，请来补课老师每周给她“加料”补习……想起父母用爱汇聚起来的这些点点滴滴，她没有理由任凭自己的心意选择放弃。对于这个局面，她转念一想：是你的就是你的，不是你的去争也没有用。如果沈青城真的对自己有那份情意，无论在哪里都还会是自己的；否则，就算天天跟他黏在一起也没有用。在这个问题上，她的思维显然要比很多同龄人要成熟些。思路本身是没有错的，但是唐晚霞在思路实施的过程中缺乏一定的沟通，也因为她那因自卑而起的自尊心耽误了与沈青城正常的沟通。

在出发去学校报到的前一天，她精心挑选那件天蓝色的连衣裙。天蓝色是她与沈青城最喜爱的颜色。这条裙子腰身部分裁剪得很合身，恰如其分地将她腰的线条显露出来了，有一圈白色的百褶裙边，齐膝的裙摆下她那双比例修长匀称的腿显得很突出。这身裙子让她完美比例的身材无死角地呈现出来。

她将与沈青城道别的地点选择在那个他们曾经最熟悉的地方，学校操场边的林荫下。由于放假的缘故，校园内的操场上一个人都没有，没有了平日的嘈杂声，这里像突然静下来的陌生世界。

先到了的沈青城坐在石级上，如唐晚霞意料中那样，他还是穿着平时喜爱的白衬衣，束在一条黑色的长裤里，腰间束了一条军用皮带。在摇曳的树影下，他背部的肌肉线条透过衬衣饱满地呈现出来，看上去爽朗和帅气。他们俩的色彩与茂密的绿树烘托出很清爽和明快的感觉。石级上坐着的这两人半天都没有张嘴说话，周围安静得只有风吹过时树叶与树叶之间摩擦出的沙沙声。唐晚霞低

下头将随身带的缀着红色小花的白手帕小心打开，从里面掏出一个折叠好的字条和一支钢笔递给沈青城说："喏，这是我的学校通信地址，你有空就给我写信吧。"

沈青城接过字条和钢笔，将钢笔的笔套拔开后，看着崭新的钢笔尖说："我又不是没有钢笔，你花钱买这个干吗？!"

唐晚霞抬眼看了他一眼，避开了他的目光看着前方自顾自地说："这是我爸爸奖励我升学的奖品，送给你做个纪念吧！"

"那我就更不能要了，这么有意义和贵重。"沈青城说着就将笔套合上递给唐晚霞。

她将他的手推了回去说："就是因为对我很重要，才送给你的，你要用它写信给我呀，不许偷懒哦！"说罢她冲他调皮地笑着眨了一下眼。

沈青城看着她的样子也笑了，露出了脸上的酒窝，有点难为情地说：“不好意思，我可没有为你准备礼物哦，以后补上吧。”

“不着急，以后你会有机会补礼物的，像什么生日啊，过节啊，不过也不好说啊，说不定到时你的那位吴小姐会管着你，拦住不让你送呢。”

唐晚霞笑嘻嘻地本想调侃一下他，谁知沈青城听出了她话里的意思，脸色有点不悦地说：“我想做的事拦也拦不住，我不想做的事谁说也没用。”

本来唐晚霞是想激一下他，听他解释与吴晓莹的关系，看着他现在有点生气的样子，唐晚霞忽然想：他这么紧张的样子，自己是不是戳到他心里的秘密了？从那天听到吴晓莹与沈青城被同一所大学录取开始，有个疑问就反复在她脑海里盘旋，他们报考填志愿时是不是已经商量好的？她很想通过刚才那个方式问出答案，谁知道沈青城会有这种表现，“拦不住”这个表述是什么意思啊？只有恋人才能做出这样的行为的，那他们就是已经确定恋爱关系了？……唐晚霞咬文嚼字地将沈青城的表述在脑袋里飞快地过了一遍，得出一个令她很失望的答案，再联想到沈青城没有为她准备纪念品这个问题上来，他平时是个有心的人，常会为她准备一些惊喜，在这么重要的时刻竟然没有准备给她留下纪念的东西，有点说不过去的。其实，在纪念品这个问题上，唐晚霞本不在意的，但是由于她将此与其他问题搅在一起了，让这个原本很简单与其他问题没有关联的问题变得复杂起来了。

此刻，那瞬间被调动起来的自尊心让骨子里倔强的她换上了一副平静而无所谓的样子："你不用紧张，我就是说着玩的，我和你是像哥们一样的好朋友，她怎么会介意呢？等我以后有男朋友了，带他去探望你们，那时晓莹就更放心了。"

本来，沈青城是想趁今天这个机会跟唐晚霞表白的，他没有认为这次道别后将有一次很久的别离，因为他已有了定期探望唐晚霞的计划，想趁这次表白一并告诉她的。可是，刚刚看着她无所谓地将那番让他吃惊的话讲出来，她居然说将会有男朋友，也就是说自己并不在她考虑之列了？……同样，他在脑海里将问题咀嚼一遍后，一向自我和孤傲的他感到自尊心被伤透了。他抑制住自己的失望对唐晚霞冷冷地说："那好，一言为定，你们记得来看我们，到时见！”

这是一次真正意义上的道别了，原本可能发生的爱情就在这一刻错过了。唐晚霞与沈青城，一个自卑的人与一个自傲的人就在这里擦肩而过走岔了。

第四章

毕业后的重逢

这一别七年过去了，在这七年中，唐晚霞曾收到过沈青城的一封信。就在收到信的前几天，华琳向她八卦了一件事，说是打听到沈青城和吴晓莹已确定了恋爱关系，消息来自于吴晓莹他们班同学。当唐晚霞拆开沈青城的信后，本寄希望这封信中能带来一些关于他对自己感情的明确表露，或是对吴晓莹与他之间关系的一些让她释怀的解释。可是信中除了一些关心问候近况的话语，并没有她所关心的那些关系厘清上的只言片语。于是她彻底死心了，决定不回信给他了。她认为，这样做是不想让他夹在两人之间为难。此后，她也接受了一些追求者的约会，当然她也知道这些都不是因为爱情，并且把这个消息有意地透露给了华琳，她也知道华琳一定会告诉沈青城的那位嘴巴不严的好哥们易东的。她与沈青城从此断掉了联系。

现在的她也从原来设定的职业规划教师行列中脱离出来开了一家叫“倾城咖啡”的咖啡馆。咖啡馆吧台上放着一个透明玻璃花瓶，瓶中插了一把蓝色的“勿忘我”花。这种通常作为搭配用的花，在这里纯粹地独自绽放着，一如她一向偏爱的蓝。吧台后面正在忙着煮咖啡的唐晚霞长发飘逸，当年饱满的鹅蛋脸分明的轮廓已拉成了瓜子脸，那双乌亮的眼眸中像蒙上了一层忧郁的雾。对于她那个按部就班的家庭来说，放弃一份高尚、稳定的教师工作，去成为开咖啡馆的个体户，简直就是大逆不道的行为。家人没搞懂是什么力量让一向懂事的她变得如此执拗，他们猜想她是为刚刚结束的那段感情疗伤呢，想以新的面貌开始新生活，但并不知道，她每天守在这个“倾城”，是为了在心里默守着一个叫青城的人。

吧台上的电话响了，电话里传来了华琳欢快的声音：“亲爱的，我们迎来了高中毕业后的第一次同学聚会，七年了，早就该聚一聚了！呵呵……”

毕业后，具有语言天分的华琳进入了一家外企做文员。这些年，唐晚霞与华琳依然是经常走动的亲密好友，与那个班里的联系基本就靠活跃的她了。她被华琳的欢声笑语感染得脸上绽放出笑容说："是啊，早就该聚聚了，这些年也就是见你最多了，其他人都没见过……"

她的话还没说完就被华琳打断了："知道吗，你的沈青城也回来了，他会来参加聚会的。本记者采访一下，请问此刻你的心情有没有很激动啊？咯咯……"

拿着话筒的唐晚霞呆住了，心怦怦地在心房里忽地乱跳起来。她努力调整着自己的呼吸，对着电话平静地说："噢，是吗？还以为他人间消失了呢。"

"啊，你这样说话可不厚道哈，像诅咒人家似的，人家当年可是对你有情有义的，你这是爱之深切，恨之切齿呀。不好，不好，嘻嘻。"能想象出电话那头华琳一脸的坏笑。

聚餐的那天，唐晚霞换上了一件白色T

恤，将衣服束在一条蓝色的牛仔裤里，将她比例完美的腿部展现了出来，外披一件黑色薄西装，她将袖子卷至手肘边，显得很干练和帅气。这天她没有像往常一样在吧台后面忙乎，而是选了一张靠窗边的桌子坐下来，给自己沏了壶洛神花茶，手里捧了一本书在看。只见她一会儿抬头看着杯中那红得深沉而热烈的茶水，发了一会儿呆，一会儿又埋头在书里，过一会儿又看了看自己腕上的手表。那一个下午她就一直坐在那里反复做这几个动作。

聚餐的地方是一间拥有两张台的包房，当她和华琳进去时，热闹喧哗的房间顿时掀起了一阵欢呼声。

“我们的班花们来了。”

“不对，不对，是校花们！”男同学们嬉

笑着冲她们俩喊着。唐晚霞环视了包房一圈，眼睛急切地找寻着一个人，离房门较远的那张桌子靠内的角落里坐着一个她熟悉的背影。那个背影随着这边的喧哗声转头时，她看到了那张无数次在回忆中浮现过的脸。当他们四目交汇时，她再一次感受到了当年的那种怦然心跳的感觉，从对方的眼中她也读出了一份与自己相类似的感觉，以及那份熟悉的脉脉温情。在他们短短的对望瞬间，时间和空间就像是为他们停顿了下来，感觉整个时空都被凝固，被拉长了。

沈青城大学毕业后与朋友合伙开办贸易公司，在那个年代这是很具有胆识和开创精神的，这倒是与他高中时的领头人个性一脉相承。他还是那个微微翘起的嘴角上含笑的样子，只是眉宇间多了一份干练的锐气。他缓缓地走向唐晚霞，微笑着伸手对她说："好久不见。"

唐晚霞握住他的手笑了笑也说了一句："好久不见了。"

握住沈青城的手时，她感觉到传递过来的力度和温度都是那么刚刚好，以前的打招呼都是招手示意的，或挥手作别的，这还是相识以来他们第一次握手。

"接下来你是不是就会说'别来无恙'了？"唐晚霞边说边将垂下遮住额头的长发往后一甩笑看着他。

"呵呵，你还是那么了解我。"沈青城垂下眼睛用手指挠了挠鼻尖抿嘴笑着说。

唐晚霞嘴角微微上扬地抿嘴笑着看了他一眼，然后将目光移向了同学们喧哗热闹的饭桌上。

沈青城看着唐晚霞轻叹了口气缓缓地说："这些年你都在忙什么？毕业后就没有你的消息了，倒是通过别的同学断断续续听到不少关于你的传闻，工作特别顺心，其他也挺好的，幸福也可以分享一下嘛。干吗不联系我？"

"你不也没联系我吗?！我也听说你一切都很幸福。事业算不上成功啦，只是遵循着既定的轨迹来做而已。那都是家里人的预期实现了，可是我现在不也打破了这个预期了吗？其他的都是顺其自然，遇到什么就面对什么。"

"但那至少是你想做的事，这点就比我强，能够随着自己的心意做事和选择那是最好不过的。"

唐晚霞眼睛有点诧异地看着他冷笑着说：

“难道你现在所做的一切都不是自愿的，是被迫的吗?!”

沈青城看着她欲言又止，片刻才慢慢地吐出句话：“那倒也不是……”

就在沈青城看着自己欲言又止的那片刻之前，唐晚霞满是期待地等着他的回答里有自己一直渴望的答案，不管那个答案是什么，至少能让自己明明白白地清楚知道他的心迹。可他却憋出这么一句模棱两可的话，她心里有点懊恼。

“哎，我说，你们两个有完没完啊，叙旧情得坐下慢慢聊啊，别傻站在那里啦。”扯着嗓子喊话的人是易东。坐在华琳身旁的他除了鼻梁上多了一副眼镜，身材还是跟以前一样的厚壮，那身料子不错的西装在他略挺的肚子上应该是扣不上的。谁都没想到高中时匪气十足的他在大学会选择了工科成为技术男，看来有些人显露的外相与内心世界还真是不符的。沈青城与唐晚霞坐下后分别被其他同学拉扯着聊东聊西的，根本就没有机会说上话。然后大家就开始各种名目的敬酒，一时间觥筹交错，场面热闹非凡。酒喝至微醺，有几个同学兴致正高，开始嚷嚷着换地方接着再喝。

喝得面颊泛红的易东站起来大声地说："我们去唐老板的咖啡馆接着喝吧，怎么样?"

沈青城拉了一下他："人家那是咖啡馆，安静文雅的地方，不是喝酒的地方，我们这伙人去到那里，人家还用做生意啊?!"

此刻的唐晚霞脸颊也微微泛红，她随即站起来说："没关系的，我让店里跟客人说包场了，今晚就为我们同学做专场服务，难得这么多年才聚在一起。”

华琳兴奋地站起来鼓掌说：“对，就这么决定了！”

易东附和着华琳也鼓起掌来。然后，这一行七八个人脚步一高一低地唱着“团结就是力量……”勾肩搭背走在马路上，向着“倾城咖啡”的方向浩浩荡荡地走去。

站在咖啡馆门口的沈青城抬头看着门楣上“倾城咖啡”那几个字怔怔地发起了呆，从他身后探出头来嘻嘻哈哈地笑着的易东大声嚷嚷着：“你们看哪，‘倾城’咖啡哦，哈哈……青城，你是股东吧?！啊?哈哈……”

华琳凑上前来在易东胳膊上掐了一下：“你个死冬瓜俗不俗气呀，还股东呢。人家唐大小姐倾城之貌就不能叫‘倾城’呀?!”

“哎哟哟，你怎么还是这么粗暴啊，疼死我了!”易东一面揉着被掐痛了的胳膊一面假装委屈装嗲地看着华琳。“要不怎么给你长记性呢，记住了咱们唐大小姐的‘倾城’之恋哦。”华琳边说边笑着向易东眨了眨眼睛，易东瞬间领悟了点点头说：“哦、哦，我记住了，心中装着‘倾城’了。”

这两人同时嬉笑着看了看呆住了的沈青城和唐晚霞，然后相视一笑赶紧推门进去了，留下了相对无语的沈青城和唐晚霞……沈青城似乎想打破这个尴尬，笑了笑说：“这个名字挺好听的，就像在叫我一样。”

唐晚霞避开了他的眼睛，抬起脸笑着看着上面的字回答他：“你别臭美了，你不觉得它们和你长得不像吗?!”

沈青城哈哈笑道："那是啊，我可长得比它们帅多了。"

等他们俩进咖啡馆后，才发现另外几个人已在靠窗的榻榻米上的茶几旁以各种不同的坐姿谈笑风生、觥筹交错地喝了起来。

"哎，我说，你们还真没拿自己当外人啊?！这是要当家做主的感觉吗?"沈青城一边笑侃着一边拍着易东的肩膀在他身边坐下。

"谁敢做她唐大小姐的主呀?！不过呢，除了你青城哈，大家懂得吧，啊?！啊哈哈……"喝得满脸通红的易东吸了口烟挤眉弄眼地说这话时顺带出了满口的烟雾缭绕。

唐晚霞冲上前在易东肩膀捶打了一下："臭冬瓜，你人倒是茁壮地长起来了，怎么嘴巴还是这么衰呢！"

"他不是嘴衰，是贱啊！"

“他是嘴臭，狗改不了吃屎咯!”大家七嘴八舌地“声讨”着易东，而他呢，倒像是很享受地自顾自得意地摇头晃脑笑眯眯的。

沈青城故意眯着眼睛笑眯眯地盯着他说：“哎，听说韩国公司的风格挺严谨的，怎么就会收了你这么一个没正经的员工啊，那个人事部负责招聘的人被你收买了吧？呵呵。”

易东听见他这么说，赶紧坐直身打了一个酒嗝一本正经地分辩：“我这么一个玉树临风、英俊潇洒、才华横溢的综合型人才，还需要走后门打点人吗?！擦亮你们的眼睛看看清楚，好吧！以后等哥们做到高层去韩国了，你想欣赏我还够不着呢，哼!”

说罢连他自己都忍不住扑哧一声笑了，众人不约而同纷纷起身拍打他，一时间“打他个臭不要脸的……”的叫声和笑声此起彼伏。

一阵喧哗过去后，华琳抬起手用手指轻轻戳了一下易东的脑门说：“都怪我那时打得你少，没教育好就给放出来祸害人间了。”

易东顺势抓住她的手紧紧地拽着放在胸前说：“还说呢，哼！你们俩那时还欺负得我少吗?！我有多少件衣服背后是干净的?！尽让你们给糟蹋了，不是有蓝墨水、黑墨水印，就是有圆珠笔划痕，简直太粗暴啦！就是这只罪恶的手啊，我要控诉！”

华琳被他抓住手瞬间觉得不好意思，两片红霞飞上了脸庞，急得大叫：“你放不放手啊?！信不信我又揍你！”

说罢华琳用力将手抽了回来，娇嗔地瞪了易冬一眼。众人哈哈大笑。

沈青城笑嘻嘻地说：“你们这两个欢喜冤家，我看挺绝配的，要不冬瓜你就从了华大小姐吧。按照你那玉树临风的志向，以后说不定还可以在韩国办婚礼呢，到时我们大家也可以跟着沾沾光去国外喝喜酒，怎么样？这主意有创意吧！”

“谢谢你的吉言！我……我没意见啊，到时你一定是我的伴郎，费用我全包了！”易东得意地哈哈大笑时眼睛都笑弯了，和他那八字眉毛更加紧密地联系在一起了。

紧接着他冲华琳坏笑地喊道：“你听见群众的呼声了吗？要不尽快下手，我这个‘期货’就是别人的啦，嘻嘻。”

华琳又羞又恼红着脸冲他笑骂道：“滚，还是将你这个‘货’留着去祸害别人吧！”

她转身使劲用手掐了沈青城胳膊一下说：“唉，你以前读书时可没这么多废话的，该你说的话都不说，现在说也还来得及，错过了就没机会了，别说我没提醒你哈。你还是管管自己的事吧，人家晚霞天天把自己放在这个‘倾城’里，你的明白滴干活?！嘻嘻……”

此刻，她已成功转移了自己身上的话题，众人的目光齐刷刷地投向了唐晚霞和沈青城，在他们俩之间来回扫描着。沈青城轻轻揉着被华琳掐痛了的胳膊，脸上的笑容被尴尬取代了，众人目光下的唐晚霞也显得有点错愕，他们一时竟没有可以接住的话。

易东乘机移到沈青城身边，一只手搭在他的肩上，讨好地看了一眼华琳“落井下石”地说：“是啊，我可听说了，有个做生意的大老板追得很迅猛啊。不过呢，哥们，你还是有机会的，你看你们多般配啊！”

说完将沈青城向唐晚霞身边推去，他们两人在众人的哄笑中尴尬地笑了笑。这时一位

同学估计是想来解围，凑上前来说："你们别瞎逗人家了，按照现在我们大家各自的情况，沈青城估计是我们当中最快结婚的人了。"

听到这里，唐晚霞原本低着的头猛地抬了起来看着沈青城，只见他低着头一脸难堪的样子。于是，她盯着面前的酒杯深吸了一口气，然后迅速地端起酒杯说："恭喜你呀！我们大家都来预祝一下吧，来、来、来，端起酒杯我们敬准新郎，干一个！"

"哪有这么快，还没定呢。"沈青城为自己辩解道。

就在他说话的同时，唐晚霞已拿起一杯酒递给他，并跟他碰了一下杯，一仰头自己先干了。沈青城诧异地看着唐晚霞这个祝酒的异常举动，缓缓举起酒杯喝掉了酒，其他人也只好意兴阑珊地陆陆续续地端起酒杯来，相互碰杯喝起来了。一时间整个空间又洋溢在一片欢声笑语中。

凌晨，这班闹腾的人都还没有离去的意思，唐晚霞已喝得脸和脖子都通红了，双眼有点迷离。她脚步有点飘浮地走向大门，边走边说："今晚……太晚了，就委屈你们在这里睡吧，我锁上门哈。"

沈青城一把拉住了她，笑着说："喝多了吧，你忘了进来时你已经锁上了吗？"

唐晚霞噘着嘴执拗地边说边想挣脱他的手："没有，你肯定是搞错了，我又没有喝多，肯定没锁。"

沈青城用力将她拉回身边，双手拉着她的两条胳膊。他看着她的眼睛认真地说："你就是不相信我吗？"

唐晚霞怔怔地看着他，愣了片刻后小声地

吐出了一句："相信你什么?"

沈青城咬了一下嘴唇无奈地叹了口气："算了，没事了。"

他将唐晚霞扶到就近的一张沙发上坐下，然后去吧台用热水和凉水兑了杯温水，靠近唐晚霞坐下后，将水杯递给她说："多喝点水吧，可以解解酒的。"

她接过沈青城递过来的水杯喝了一口，眼泪就忍不住像珠子一样坠落下来，有几滴眼泪落在了那杯水里。盯着杯子里的水，唐晚霞像个委屈的孩子哽咽地哭了起来。沈青城一时有点手足无措，他从桌上的纸巾盒抽了两张纸递给唐晚霞，故作轻松地想逗乐她："你不会吧，就杯水都能将你感动得这个样子。"

唐晚霞猛地抬起她那张梨花带雨的脸，用

那双挂满泪水的眼睛盯着他说："你就是这样了解我的吗?"

沈青城避开了此刻这双他无法面对的眼睛，将目光移向别处的他吸了口气缓缓地说："我当然了解你真正是怎么样的，但是我了解又能怎样?！又能改变什么吗？有些选择做了就不要后悔，也没办法后悔，不是吗?!"

唐晚霞望着他苦笑着说："说得也是，人与人之间对选择的做法是很不一样的啊，有人主动选择，有人被动选择。主动选择的人可以很潇洒，被动选择的人却会很无奈。"

沈青城诧异地看着她冷笑着说："你的选择被动吗？我没看出来。刚进大学时，我按照你给我的地址写信给你，你没有回信。当然，后来我也知道是为什么了，你有好的选择，我应该为你高兴的。就像我如果幸福，你也会为我高兴的，对吗？”

唐晚霞咬了一下嘴唇委屈地说：“是你先选的，你是主动做了选择，我才被动选择的。不想让吴晓莹介意，想让你幸福，我才不回信的。”

说到这里，她终于还是忍不住又哭了起来。沈青城愣愣地看着她，双手扶着她的双肩疑惑地说：“你……你……难道我们都误会了？”

唐晚霞像个受了莫大委屈的孩子靠在沈青城的肩膀上呜呜地痛哭起来，沈青城将一只手臂环过去搂着她的肩，让她靠在自己的胸前哭……他们就这样坐在那里不知过了多久。估计哭累了的唐晚霞在沙发上打横地躺在沈青城怀里睡着了，沈青城环抱着她斜靠着沙发的靠背也睡着了。二楼那层的榻榻米上也横七竖八地躺着喝多了的华琳和易东他们，整个咖啡馆都像是陷入了沉睡般的宁静。

第二天的一缕明亮和煦的阳光射进咖啡馆时，率先醒来的唐晚霞睁开眼睛，听着耳畔沈青城均匀的心跳，看着他呼吸起伏均匀的胸口，忽然觉察到自己是被他就这么抱着睡了一晚，心中不禁泛起了一阵激动的幸福感。看着沈青城那张脸，轮廓还是那样俊朗分明，她好想伸手摸一下他的脸。如果不是考虑到他那估计已酸痛麻木了的手臂的感受，她也许还想赖在他怀里多一会儿的，于是她轻轻地将自己的一条手臂从沈青城环抱的双臂中抽出来。就在她抽出手臂的同时，沈青城醒了，他立刻被射入咖啡馆的那缕耀眼的阳光照得眯起了眼睛，他想伸手揉揉眼睛，结果双臂酸痛麻木得动弹不得。坐起身的唐晚霞即刻边帮他揉胳膊边难为情地柔声说道：“你傻呀，这样抱一晚上，也不怕变残疾了。”

沈青城憨憨地笑了一下：“我怕你着凉了，没想这么多。”唐晚霞看着他温柔一笑，然后就去叫醒其他人了。

在沈青城与同学们都离去后，唐晚霞自己在咖啡馆里一边忙着收拾东西，一边在回味着昨晚的种种。她甚至有点肯定沈青城是仍然爱自己的，想到这里她甜甜地笑了。忽然沈青城推门进来，在看见他进来那一刻，她的心又激动地怦怦跳了起来。“莫非他来是想对我说些什么吗?”她暗自欣喜地猜。

只见沈青城走到她面前神色有点焦虑地跟她说：“我的钢笔不见了，你能帮我一起找找吗?”

她那颗怦怦跳的心瞬间平静了下来，连声答应着：“哦哦，你的钢笔是什么样的?”

“是一支白色的派克钢笔。”正低着头在

地上找寻的唐晚霞听着他的话，忽然想起了自己在毕业时也曾送过一支钢笔给他，那是当时最好的“英雄”牌钢笔，是自己都舍不得用的奖品。想到这里她心里隐隐地泛起了一丝酸楚。

在他们楼上楼下地一番找寻不果后，沈青城沮丧地说：“可能是掉在了别的地方，或者掉在路上了。算了，不找了。”

唐晚霞小心地试探道：“那支钢笔对于你来说一定很重要吧，这么紧张，别人送的？”

沈青城看着她欲言又止，他没有回答。然后跟唐晚霞道别转身要走，唐晚霞在他身后喊道：“是她送的吧？”

沈青城的身体停顿了一下，“嗯”了一声就推开门出去了。

看着被合上的门，唐晚霞愣在了那里，怔

怔地想：他这么紧张那支笔，一定是怕回去没法跟吴晓莹交代，那支笔一定就是他们的定情信物了。她回想起当年将自己视为最珍贵礼物的“英雄”牌钢笔送给沈青城时的情景，她的心像被剜了一样的痛。

看来他们说的是真的，他们应该是定了下来，快要结婚了。从昨晚到现在她的心情就像经历了过山车一样的跌宕起伏，这些年她努力地将他收藏在心底，为的是不想放他出来刺痛她的心，甚至连她自己与别人恋爱时，也是希望借助恋爱忘却他的存在。可是现在……看来是时候自己要从心里放下他，来个真正的了断了。她深深地吸了一口气，慢慢将气息吐出来的同时对自己说：我一定要比他快结婚！

唐晚霞跑了一趟香港，找到了那款派克笔，她约了沈青城到“倾城”咖啡馆见面。当她将那支笔递到他面前时，他惊住了：“你怎么会找到的？”

她淡然地说：“我专门跑去香港买的，因为我知道你在乎它呀，我不想欠你的。”

沈青城又怜爱又无奈地看着她说：“唉，有这个必要吗?！这支笔已经不是那支笔了，丢了就丢了，况且真不是你欠我的，是我自己不小心弄丢了……”

没等他说完，唐晚霞就打断了他的话，她没有看他的眼睛，而是看着前方缓缓地说：“那就当是我送给你们的新婚礼物吧！不过，说不定我会比你们快结婚哦。”

沈青城看着她说完这番话，就愣在那里沉默不语。他虽然已与吴晓莹到了谈婚论嫁的阶段，尽管家里一直在催促他结婚，可他总是说“再等等”，可是连自己都不知道在等什么。就在与唐晚霞重逢的那一瞬间，他似乎找到自己拖延的原因了，经过了那晚的同学聚会，他甚至萌生了重新与唐晚霞开始这样一个念头，他已开始考虑如何善后和表白的时机了，但是唐晚霞刚才的表态又让他的心跌到了冰点。

唐晚霞再次因她那可怜的自尊心作祟错过了沈青城。就在那一年，也许基于报复心理的驱动，为了赶在沈青城的前头，她与那位热烈追求她的大款闪婚。他们没有摆婚宴，甚至连婚纱照都没拍，就直接去蜜月结婚了。

在传来唐晚霞的婚讯半年后，沈青城也结婚了。他们感情的命运之轨各自向着无法交会的方向前行而去。

第五章

首尔的重逢

五年后，一封红色的请柬和一通长途电话将唐晚霞带到了韩国首尔，易东果真做了一次靠谱得让众人刮目相看的事，通过自己的努力从职场新人跃升到部门主管，并且拥有了调到韩国总部工作的机会。而他也在苦追华琳多年后，在去韩国工作前成功向华琳求婚。他们的婚礼举行在即，华琳给唐晚霞电话邀她来参加婚礼，给自己当姐妹团成员，并且告诉她沈青城会来给易东当伴郎。

唐晚霞在电话里就惊呼起来了："他怎么

有资格当伴郎呀?!他是已婚的人士呀，如果这样都可以的话，那我也可以当伴娘啦。”

华琳在电话里惊讶地压着嗓子喊道：“啊，你还不知道呀?他已经离婚了，离了半年了，噢!你们看来还真是老死不相往来啦，这你都不知道呀……”

唐晚霞握住手机的手在耳畔微微抖了一下，她愣了大概几十秒，接着听到电话那头华琳大声咋呼的声音：“喂、喂，你在听吗?你不会怕见到他不来吧?你可是算我娘家人啊，不来我要怨你一辈子的。”

唐晚霞赶紧回过神来连声答应着：“来，来，一定来。”

放下电话后，她从沙发上站起来，走到卫生间，看着镜子中的自己。她用手捋了捋那烫卷成富有弹性大波浪的黑发，将耳边的头发向耳后压了一下，摸着自己较以前略瘦削了的脸颊，心里翻腾了起来，那些久违了的思绪又涌现了出来……她已好久没听到“沈青城”这三个字了，发现自己即便是听到关于沈青城的消息也能让呼吸变得不再均匀，跟随着心情和思绪也会翻腾起来。五年的婚姻生活里，她对于相夫教子一直做得很投入，当然这也是她自己的梦想。当学生时代老师让同学们描绘一下自己的梦想时，别人都在为崇高的理想和工作抱负进行憧憬，她就已经很踏实地告诉大家自己的梦想是有一个幸福的家庭，为此当时还引来了一阵哄笑呢。在外人的眼里，她与丈夫绝对是幸福、恩爱的典范，可是只有她知道，自己只是在做一个合格妻子应尽的义务和本分，她的心一直未曾让丈夫走进过。他们从来不吵架，可以用相敬如宾来形容他们之间的客气程度，结婚以来，唐晚霞都很善解人意，知道他的需要，听从他的主意和安排，越发变得理性，就像是换了一个人，也很少笑了，她像一个隐藏了自己的个性和激情的隐形人，或者说她不再是那个学生时代爱出个点子，爱张罗点事情，总是挂着甜甜笑的意气风发的女孩了。

从机场出来后，她上了出租车。坐在出租车上的唐晚霞看着车窗外移动的街景。在经过一条种着一排排树的街道时，阳光透过娑婆摇曳的树叶明晃晃地照在了她的脸颊上，一种久违了的熟悉感泛了上来，她没有丝毫想遮挡的意思，而是很惬意地将自己沐浴在阳光下，深深舒了口气，闭上眼睛将头轻轻靠在车窗的玻璃上尽情享着这一时分。此刻车窗外迅速移动的景色，在她看来就像是一条流淌着的转眼即逝的时光之河，而她此刻正躺在这流淌的河面上跟随着流转。车子在一个十字路口停了下来等红灯，她微微睁开眼睛看了一下窗外，隔壁车道上也有辆正在等红灯的出租车。在唐晚霞从靠着车窗的惬意中睁开眼前，她的这一幕早被隔壁车里的一个人尽收眼底，车里的一张冲她抿着嘴似笑非笑地看着她的脸，让她惊呆了！

“天哪，竟然是他，是沈青城！”她的心叫了起来。就在她坐直身趴着车窗看着他与他四目相对时，车子开动了。

他们的出租车一前一后地到达了酒店。在酒店门口他们从各自的车里下来后，沈青城带着他那弯弯的笑抿着露出了酒窝的嘴含笑向唐晚霞走来。五年没见的他俊朗的脸上多了一份沉着的成熟感，笑着的眼里却多了一些淡淡的忧虑。看着沈青城靠近自己，唐晚霞的呼吸和心跳又开始加速了，她暗地骂了自己一句：没出息！

与此同时，他们俩都发现了对方的着装与自己有着惊人的相似：沈青城穿着一件棉质白底蓝色横条纹的圆领T恤衫，下穿一条白色的棉质休闲裤，蹬一双运动球鞋，斜挎着一个大大的咖啡色皮质休闲包。而唐晚霞呢，上身一件圆领棉质蓝底白横条纹的T恤衫，也穿了一条白色的棉质休闲裤，脚蹬着运动休闲鞋，斜挎着一个深蓝色的防水布休闲包。他们上下打量了一下对方，四目相望忍不住笑了。她捂住嘴扭过头竭力忍住不让自己笑出声来，然后迅速调整平复了自己的情绪，恢复了她惯有的不露痕迹的温婉表情，赶在他开口前将注意力转到别的话题上了："在这儿的路上都能碰见，真是神奇啊！"

沈青城看着她的眼睛纠正说："不是神奇，是有缘千里来相会。"

唐晚霞被他看得有点不自在了，她将目光收回来看着酒店大堂的方向说："快去办入住吧，华琳他们还等着你这位伴郎呢。"

办入住后，他们步入酒店的电梯时，正好有一个旅游团的团友蜂拥而至，迅速将电梯填满了，他们俩被挤到了电梯的角落里，面对面地被挤在了一起，唐晚霞的额头与沈青城的下巴就差几厘米的距离。她屏住呼吸不敢抬头，靠着沈青城胸口的肩膀都能感受到他那强而有力的心跳，那一刻她忽然有种希望这部电梯一直别停的想法。这个想法刚一萌发她就顿感自己脸有点发烫，她为自己这个疯狂的想法暗自笑了。

这时，右耳旁传来一股热气和沈青城的声音："你笑什么？是不是又憋着想使坏？"

唐晚霞抬起头，鼻尖正好与沈青城的鼻尖擦过，他的嘴唇就对着她嘴唇近在咫尺的距离，她都能感觉得到他开始有点急促的扑面而来的呼吸。他们呆呆地对望着，她赶紧低下头说："一会儿告诉你。"

婚礼上华琳扭头跟陪在身边的唐晚霞说："哎，我发现沈青城心里还是有你的，还是对你念念不忘的，一晚上他的眼睛都在你身上，你一喝酒，他就盯着你看，好像生怕你喝多了似的。要不你离了，跟他一起过吧？"

"喂，你想什么呢?! 新娘子，今天可是你的大好日子啊，说什么离不离的，多不吉利呀，赶紧‘呸呸呸’吐口水重新说过！”

“嘻嘻……好吧，好吧，我开玩笑的，老天爷，你别怪我哈，要怪就怪那个装的唐晚霞吧，你就接着装吧！”华琳说罢，哈哈大笑地戳了一下唐晚霞的脑门。

热闹的婚宴过后，为新郎挡酒喝得满脸通红的沈青城与唐晚霞从电梯走出来。站在酒店客房走廊上，沈青城叫住了准备转身回房的唐晚霞，对她说：“要不要再聊一会儿天？你还没告诉我，今天在电梯里时你笑什么呢？”

唐晚霞看着他，似乎读懂了他眼里的意思，她心里竟有点害怕，想躲着他，也许她心里很清楚，自己如果此刻出现在他房间聊天接下来有可能会发生的事。可以确认的一点就是，他们彼此心里都还有对方，还喜欢对方。尽管现在的婚姻对于她来说，很乏味和无奈，但是家庭生活是她从小到大唯一想坚持的梦想，她努力维护和经营着这段食之无味，又弃之可惜的婚姻。而且，婚外出轨这样的事，她是不允许自己做的，不能放任自己的情感，她对自己这么说，婉转地拒绝他的邀请是她现在唯一可以做的事。她对沈青城说："太晚了，今天你又喝了这么多酒，我们明天再聊吧。"

"好吧，明天见。晚安！"

"晚安！"

他们一个向左转，一个向右转，各自离去。

第二天夜幕降临前，在黄昏柔弱的余光中漫无目的游逛的他们走着走着就走到了北村民俗村。这个时间段的巷子里没有什么路人，安静得就像生怕会打扰、吵醒了它似的。夕阳将它那金黄色的光柔柔地铺在了石板路面上，整洁的路面在这夕阳的柔光中显得越发干净，就像没有人来过一样。这一刻，这里的一切都好像为他们清空了一样，时间也在这一刻慢了下来，慢得就像这个空间被外界屏蔽掉了，只留下了他们在铺着青石板略带着坡度的民居小巷里慢慢踱着步，穿行着。

唐晚霞仰着头深深地呼吸了一口空气，好像恨不得要将与沈青城在一起的这一刻，以及这里的气息记忆刻进脑海里。她环视了一下周围，看着这里一间间紧密相连又保持着独立院落的古朴的店铺和民居，感慨地说："我很喜欢这里的这种民居的朴素质感，它们就像一种有年轮的生命体，身在其中会有种踏实的安全感。"

沈青城侧着头欣赏地看着唐晚霞说："以前没有发现你这么感性，不过挺可爱的。"

唐晚霞仰着脸斜眼笑嘻嘻地看着他说："你以前也从没夸过我，不过，被夸的感觉挺好的，请继续保持！"

"呵呵……那你得让我有机会经常见到你才行啊。"沈青城停下来看着她，唐晚霞就像没听见一样继续往前走。见状沈青城往前追了几步问道："昨天你在电梯里笑什么？"

"我……"唐晚霞迟疑了一下，迅速在脑海里搜刮出一个故事来掩饰她无法言表的那个原因，"我笑是因为有一天坐公交时，人太多了，挤得我身后的一个很矮的男人的脑袋放在了我的肩上，我就这么扛着他的脑袋扛了一路。所以啊，昨天我在想，我的脑袋会不会也让你扛一路呀？"

“哈哈……”沈青城笑得弯了腰，他接着说，“你太逗了，我都能想象得出那个画面。”

唐晚霞暗自庆幸自己总算过关了，摆脱了他这个揪着不放的问题。

沈青城接着又说：“不过呢，你的脑袋我倒是乐意扛的。”

“以前没发现你这么坏呀，怪不得人家说，男人一结婚就变坏，你的嘴巴都快变得像易东的嘴巴那么坏了。”唐晚霞娇嗔地看着他说。

“是吗？所以啊，我离婚了，又变回好人了。”

唐晚霞停下脚步来看着他说：“我听说了，一直没有机会问你，为什么离婚？”

沈青城叹了口气：“一言难尽，主要还是我们性格不合适吧，有些人一开始没有感觉，慢慢也不会培养出感觉的。老一辈人总是说，感情是可以培养出来的，我觉得这就是个错误。”

唐晚霞小心翼翼地问道：“那你现在一个人吗？没找女朋友？”

沈青城热切地说：“除了你，没有女朋友了。”

唐晚霞躲过他热烈的眼神低着头急切地说：“别乱说，我可是已婚家庭妇女啦，不可能了！”

“晚霞，我总觉得你看上去不是很快乐，就算笑的时候，也没有以前那么释怀了，眼睛里有一些忧郁是笑掩盖不了的。嗯，你别介意我这样说，也有可能是我想多了。”

看着沈青城说话时那关切的眼神，唐晚霞的心开始起伏了。她再一次肯定，在他的眼里、心里一直都是有自己的。

沈青城认真地说："我是说，如果有一天……当然，我希望你一直是幸福的，但是如果你觉得不快乐、不幸福了，要离开的话，我希望能和你在一起，可以吗？"

这是唐晚霞第一次听到沈青城坦白地向自己表白，这是一次真正意义上的表白，只可惜这一句让她当年魂牵梦绕的表白来的时机已不对了。她甚至开始懊恼，一种悔意在她心口蔓延开来，当年为了报复沈青城的订婚，将自己草率地嫁掉的举措，至今自尊心强的她都不敢向沈青城坦言。报复了沈青城，葬送了自己，值得吗？！她本可以主动抓住自己想要的幸福，可就是因为自己可悲的自尊心作祟一手毁掉了两个人的幸福啊！尽管她想努力克制住自己心里已起伏了的激动，竭力搜索着词语想着该如何作答，但还是词穷。

沈青城走上一步，伸出手轻轻扶着她的双肩，低下头靠近她的脸追问道：“可以吗？”

此刻，她的心慌乱了起来。她没有吭声，盯着脚下那略带坡度的石板路一会儿，然后抬头看着沈青城的脸缓缓地蹲下身，将自己的高跟鞋脱下后提着鞋子，在沈青城一脸的不解和错愕中朝着下坡的路拔腿就跑，边跑边说：“我还没想好，想好了再回答你。”

当无法面对内心和真实的自己时，逃避也许是那时的唐晚霞唯一能做的。与她过往一直在做的逃离一样，当年面对华琳的友情与爱情的抉择时的逃离，面对与吴晓莹的竞争关系时的逃离，她一直在逃，正如现在这样逃。

沈青城从愕然中回过神来，冲着唐晚霞喊

道:“哎,你……你居然还会这么干?! 别跑,小心摔了!”看着她没有停下来的意思,沈青城哭笑不得,向着她跑去的方向边追边喊:“站住!别跑啦!当心扎到脚了!”唐晚霞就像没听见一样,也不管方向,像个无头苍蝇见路就跑,看见前方有一条拐角的巷子,她一头就扎了进去。沈青城见状,又好气又好笑,他认得那是条死胡同,于是在她后面边跑边喊着:“哎,你忘了,我可是体育十项全能啊,等我追到你,你就得答应我啊。”

唐晚霞此刻只顾着一个劲儿地夺路就跑,哪顾得上回应他,她一时不知如何面对他以及他提出的问题。很快就被沈青城从后面追上,他一把抓住她的胳膊往后一拉,她就被一百八十度地拉回到他的怀里。唐晚霞大口喘着气推开沈青城说:“我……我要……歇一歇……再回答你。”

她靠着旁边的墙气喘吁吁地看着他。沈青城喘着粗气走向唐晚霞，伸出双手环住她撑着墙，盯着她一字一句地说：“我说过，追到你，你得答应我。”

唐晚霞喘着气看着面前这个目光坚定的男人，点了点头诺诺地说：“如果，有那么一天的话……”

第六章

复婚 & 离婚

从韩国回来后唐晚霞就刻意避免与沈青城见面和联系，她一来是想让自己静下来想清楚在感情和现实生活中如何取舍，最主要的是她感觉自己缺少一个契机，一个可以理直气壮谈离婚的理由，二来也想给时间让沈青城想清楚自己的表白是不是一时冲动。

时间就这样无声无息来到了两年后。一个夏日午后，手机铃响了很久，唐晚霞才接了电话。电话里传来了沈青城的声音："喂，好久不见了，你还好吧？嗯，我想告诉你一件事……”他停顿了一下接着说，“我复婚了。”

唐晚霞听完手机差点从手中滑落，她深深地叹了口气，两眼无神地盯着前方有气无力地应了一声：“嗯……我离婚了。”

电话那头沉默了……过了好久，电话里才传来一声沈青城重重的叹息。没等他再说什么，唐晚霞默然挂了电话，身体重重地往身后沙发靠背一靠，仰望着天花板的她露出一丝苦笑自言自语地说：“这一切怎么会是这样……”她感到胸口堵得慌，就像有一股汹涌的奔流找不到奔泻的出口一样，有一种痛无奈、无力但又撕心裂肺的，它甚至连可以怪罪和指责的宣泄出口都没有，因为造成它的始作俑者是自己。她冲进卫生间将洗手盆的水龙头拧开到最大，看着镜子中面容憔悴而又失魂落魄的自己。她双手撑着洗手盆的边缘，对着那一池几乎要盈满的哗哗作响的水流哇地号啕大哭起来。空旷的大宅子里回荡的只有她痛彻心扉的孤独哭声和与她哭声相呼应的哗哗作响的水流声。

几天后，从韩国赶回来陪伴的华琳入住了唐晚霞的家。从厨房端了杯水走出来的华琳，看着两眼呆滞盯着茶几上的花一动不动的唐晚霞，叹了口气摇摇头走到她身边坐下，搂着她的肩心疼又关切地说："叫你要为自己考虑多点，先下手为强，你偏要死守着那份愚蠢的节操。你看，现在两头不靠了吧。"

唐晚霞无力地将头靠在了华琳肩上，听着华琳接着说："我就不明白了，你既然心里还有沈青城，在韩国就应该拿下他，回来就跟你那土鳖老公拜拜的。你倒好，非得说守什么妇道，结果拖到人家沈青城都复婚了，你那土鳖老公都红杏出墙了，才大梦初醒，活该！我都不知道怎么骂醒你好，气死我了！”

华琳越说越激动，唐晚霞一下坐了起来拉着她的手，强挤出笑容反过来安慰她说：“好了，好了，别说了，知道你华女侠远道而来仗义相助是为了我好，小女子感激不尽！我没事了，放心吧！”

华琳马上展开笑颜搂着唐晚霞说：“对咯，我就知道你是打不死的‘小强’。今晚我们去喝酒，喝他个一醉方休，酒醒后重新开始新生活，好不好？”

唐晚霞感激地看了一眼这位死党，用力点点头。

一个酒吧的吧台边坐着已喝得双颊绯红的

唐晚霞和华琳。此刻的唐晚霞双眼略带迷离，已像睁不开一样眯成了一条线，她举起酒杯目光发直地盯着酒杯里的酒说：“你知道我有多难受吗？我一直在等一个时机，一个可以不让自己和沈青城千夫所指的恰当时机，否则我会一辈子没法面对自己的，他也会背着第三者的罪名，我不愿意看到他为我这么憋屈。可是，我终于等到了，又如何啊?!”说着说着她潸然泪下。

华琳叹了口气摸了摸她的头说：“唉，你就是想得太多了，这样不会幸福的。什么是幸福啊？想了又做了的事才是幸福，像你们这样是辛苦，不是幸福啊。”

唐晚霞抬起她那双带泪的眼看着华琳说：“你不会懂的，不是所有想做的事都可以做的，做事要是没有底线，做了也不会感到幸福的……”

“好了，好了，我不懂你，我找个懂你的来。喝成这样了，一会儿怎么走啊?”华琳没等她说完就打断她，然后掏出手机来拨了一通号：“喂，青城，我是华琳，那个晚霞喝多了，你快过来帮忙送她走吧，我怕自己一个人搞不定她……”

“好的，在哪里?”还没等她说完，沈青城在电话那头就打断她急切问道。

放下电话后，华琳面带得意的笑看着唐晚霞说：“懂你的青城来了!”

原本趴在吧台上抽噎着的唐晚霞突然抬起头来，她就像是突然清醒一样瞪着那双带泪的眼睛叫道：“谁让你叫他来的?! 我不能见他!”

说着她挣扎着站起来，晃晃悠悠地向门口

走去。

华琳赶紧冲上前拉住她喊道："发什么神经?! 你这样怎么走啊? 他已经在来的路上了。"

唐晚霞一边挣脱华琳一边说："现在我不能再给他任何希望了，让他安心过他自己的日子吧，你懂吗?!"

"不懂，我就知道你现在是最需要他的时候，而他也一定很想关心你，他很担心你!"华琳上前一步抓住唐晚霞的双手恳切地说。

唐晚霞用力挣脱了华琳，向门外步履蹒跚地快步跑去，一边跑一边将手机掏出来摁了关机键。

赶来的沈青城离得很远就看到在酒吧门口焦虑地来回走动的华琳。他将车停靠在路边后，摇下车窗叫华琳上车。

坐上车后华琳就开始抱怨地说："那个醉猫，发神经病啊，一听说你来了，跑得比兔子还快，还把电话关机了。"

"她会去哪里?"沈青城着急地说。

"谁知道啊?!"

"她会不会回家了? 要不我先送你回她那里，如果她不在，我再去别的地方找找她。"

"也只能这样了。"

华琳回到唐晚霞家里，满屋子找了一遍没看见她。于是，她拿起电话拨给了沈青城："喂，这下麻烦了，那位大小姐不在啊，她会不会去'倾城咖啡'了?"

"你别动了，我去找她，你就在家里等她吧。"

沈青城开车到"倾城咖啡"没找到唐晚霞后，又沿路慢慢开着车在路上找寻着，一边尝试着打唐晚霞的电话，听筒传来“……已关机”的语音让他的心情越发不安和焦虑。他将车子一直开到了她们刚才喝酒的酒吧，停靠好车子后，他冲进酒吧里找寻了一遍，还是没找到唐晚霞。接着，焦虑、沮丧的他开着车在路上漫无目的地继续寻找……

也不知过了多久，沈青城的电话铃响了，传来华琳的声音：“没事了，她回来了。”

听到这个消息，沈青城长长地舒了口气，将身子往车椅背一靠，边转方向盘边说：“我现在过来。”

唐晚霞面容疲惫地横躺在家中的沙发上，华琳拿了一块热毛巾往她脑门敷上去说：“你三更半夜到处乱跑，吓死人哪！一点安全意识都没有，出了事怎么办啦?！以后不能这样啦！”

唐晚霞抬起那无力的眼皮看了一眼华琳

说："知道了，华妈！"

"我跟你说认真的，你还别当耳边风了。你说你抽风一样大半夜跑到学校去，那里那么偏僻，多不安全啊！……"

"我只是想去那里再看看，看看我和他待过的地方，想在那里哭一下。脑子好乱啊……我要把这些年的憋屈都哭完，哭完我就会好了。"唐晚霞说着说着眼泪又滑落了下来。

华琳无奈又心疼地看着她说："好了吗？"

"还是痛的。"唐晚霞摇摇头，"但是我清醒了，我知道自己该怎么做。"

站在唐晚霞家门口的沈青城略迟疑了一下，他深吸了口气还是摁了门铃。听到门铃响后，华琳第一时间从沙发上蹦起来，准备跑去开门。原本躺在沙发上的唐晚霞立刻爬了起来，她诧异地说："是谁呀？"

“嗯，那个……”华琳有点不知所措，她是瞒着唐晚霞偷偷打电话给沈青城的。

从华琳的那个表情上，唐晚霞似乎意识到门外的人会是谁了，她瞪着华琳说：“不许开门！”

“不要吧，他都找了你一个晚上了，好歹让他跟你说几句，也好让他安心啊。”

“我说，不要让他进来，我没什么可跟他说的。”唐晚霞异常坚定地说。

“你的心是石头做的呀?！怎么这么倔呢，要说你自己去跟他说，我可不忍心跟他讲这么绝情的话。我还真没眼看你们这对欢喜冤家了，我睡觉去了！”华琳说罢气呼呼地转身回房间了。

门外的沈青城趴在门上隐约听到了她们的对话，他拍了拍门说：“晚霞，你就让我进来说两句话吧！”

“青城，谢谢你！不好意思这么折腾你，我没事了，你回去吧，别聊了。”唐晚霞走过来靠近门边说。

“我想跟你解释一下……”

“你不需要向我解释，每个人做选择都会有自己的理由。”唐晚霞毫不犹豫地打断了沈青城的话。

沈青城将一侧的头靠着门上对着门侧的缝向门里那一面的唐晚霞说：“我知道现在跟你说这些已经没有意义了，但是我真的等过你……还以为你过得很好，后来我想明白了，我不应该这么自私，为了拥有你就去破坏你现有的幸福。再加上前段时间吴晓莹重病入院，我觉得她一个人很可怜，很需要人照顾，家里人也一再催促……唉，可是，现在，谁想到会是这样的结果呢?!看到你现在这样，我好恨我自己啊!”他紧皱着眉头用力咬着嘴唇强忍着想夺眶而出的眼泪。

在沈青城说这番话时，门内的唐晚霞慢慢将一侧头也靠在了门上，她甚至似乎都能透过门感受到门那边沈青城的呼吸。她在想，隔着这一扇门的两个人啊，在这个同呼吸的空间里，却没有共命运。命，一切都是命，我认了！唐晚霞苦笑着对自己说。慢慢地，她不由自主地将双臂张开放在门上，想象着自己的头靠在他胸前用手抱住他，一字一句地慢慢说：“不怪你，一切都是命，我们认了吧！我只是希望你好好的，答应我，你一定要好好幸福地生活，千万别再离婚了，离一次婚就像剥掉一层皮一样，这样的痛我懂，答应我，好吗?!”说这话时泪水已悄然从她

脸庞滑落了，悄然得连她自己都没有预备和察觉，那是怎样的一种心痛才能任凭泪水肆意不受控地奔流，而自己对于这一切却无能为力。

外面靠在门上的沈青城此刻已默然地潸然泪下，他重重地叹了口气：“唉……在对的时间里我们总是没有做对事，在错误的时间里我们什么都做了。”他将手无力地放在门上，轻拍着门板说，“晚霞，你开门吧，我想抱抱你。”

唐晚霞的脸已哭扭曲了，她哽咽地说：“我怕……抱住你会不放手。就这样吧，我们就这样道别吧！以后别再见了，这辈子就这样了。”

他们两个人隔着一扇门就这样各自靠着门板，趴在门板上痛哭起来，宛若两个人隔着一道门板抱着对方一样。

过了一段日子，唐晚霞将“倾城咖啡”转让给了一位朋友，带着一颗逃离的心离开了这座让她无法面对的痛心的城市。她发现沈青城说的是对的，他们在对的时间里总是没有做对事，在错误的时间里却什么都做了。她想，该结束这里的一切了，她以为这样结束一切可以重新开始。

第七章

车祸

又是一个五年过去了……

唐晚霞这些年在几个不同的城市工作过，似乎每一座城市都像是被她设置了有期限的短暂停靠驿站，她在不断转换的城市中用开始和结束来叠加自己的记忆，用这种叠加来覆盖掉自己的过去，同时也像在用一种循环的方式不断练习重生。她似乎在通过这种方式寻找自己。

这中间她也谈了几场恋爱，在恋爱中她不断找寻着自己，很想确认自己内心真正想要什么。她在每一次开始与结束这样跌宕起伏的情感轮回间不断转换与成长。在回来之前她才结束了一段恋情，这段恋情的时间相对于过往的都要长。因为在这个过程中，她已学会了面对自己，面对真相。对她的爱情而言的真相就是当年对自己的情感不负责地赌气结婚，与其说那是对沈青城的报复，不如说是自虐。认识真相的过程，就是剥开层层包裹的内心面对那个曾经自以为很美，但实际并不美的自己，经过这个犹如抽筋剥皮的剧痛过程，看到的就是真相。而这一次的结束，让她更坚信自己是经过蜕变后，内心已打磨得无坚不摧，准备好了回来面对一切了。

所以，当她再次回到这座当年无法面对的城市时，她认为自己是有备而来的，带着满满的可以抵挡及融化掉一切的能量。

在她回来不久，还是那个叫“倾城”的咖啡馆，店主要出国移民，又将咖啡馆转回给了唐晚霞。这个咖啡馆宿命般地回归到唐晚霞手中，似乎逃脱不了辗转的命运。

“人们常说不后悔，怎么可能呢，此刻我已深悔不已了……我唯一对一件事不悔，那就是遇见他。”唐晚霞对自己说。她还是嘴硬的，即便伤痕累累了。要强的人有一个好处，就是决不会自杀的，这是她的好姐妹华琳总结出来的。当她将自己想主动约沈青城来“倾城咖啡”会面的想法在电话中告诉华琳后，华琳咯咯地大笑起来，说她像是有备而来下战书约架的。

唐晚霞等到华琳和易东回国探亲时，约上了他们几个同学来“倾城咖啡”团聚。大家落座开喝后沈青城才姗姗来迟，他身材还是保持得很好，跟过去差不多，与那几个已开始发福的男同学拉开了一段距离。较从前更深凹的眼睛里流露出了一种冷静的沉稳，他看着唐晚霞抿嘴一笑时脸上的酒窝更深了。唐晚霞看着他的眼睛时，从他的眼里读出了一丝温存的爱意，尽管这一闪而过的温存几乎掩饰得不为人知，但是她还是捕捉住了。她静静地看着他，报以一个微笑的同时伸出了手："你好！"

"你好！好久不见了……"

唐晚霞感觉他握住自己的那只手传递过来的温度和力度还是像从前一样那么刚刚好。

"你先坐，我给你调杯酒吧。"唐晚霞抽出手迅速转身往吧台走去。

只见她从吧台后的冰箱里拿出冰格来，冰

格里码着整齐的酒红色冰块。她将五块酒红色的冰块放进玻璃酒杯中，然后又倒进了两盎司的杜松酒。她看着酒顺着那酒红色的冰块蔓延下去，得意地笑着端出来放在了沈青城面前的桌上。

沈青城看着面前这杯“惊艳”的酒笑了，惊讶地说道：“这是什么？你怎么还会这个？”

“这是用洛神花煮出来的水，放凉了后倒进冰格里在冰箱形成的红色冰块，喝的时候在冰块上浇上杜松酒就可以了。这是我发明的独门秘方。”唐晚霞神气地说。

“这酒叫什么名字啊？”

“花酒。”

“啊？！……”

众人一阵哈哈大笑。

唐晚霞对着沈青城眨眨眼笑着说：“没

事，在我这里喝的‘花酒’是健康的！肯定不会犯错误的，嘻嘻……”

说完她转身拿起自己的酒去与其他同学碰杯。沈青城看着频频举杯碰杯中的笑意盈盈的唐晚霞，心里百种滋味翻腾起来：她变了，这些年她都经历了些什么呀？……他忽然觉得她既熟悉又陌生，心里不由得泛起了一丝痛楚。

众人喝得微醺时，华琳与易东两口子小声地交头接耳了一阵，随即两人发出一阵哄笑。接着易东清了清嗓子，站起来提高嗓门大声说：“各位，我提议哈，让这两个久别重逢的才子佳人喝个交杯酒，大家同不同意?!”

“你喝多了吧，搞什么鬼?!”沈青城拽拽他的衣角。

“喝就喝，你以为我怕呀，来吧！”唐晚

霞噌地站起来看着沈青城说。

沈青城略带犹豫也缓缓站了起来。唐晚霞主动将他那只端着酒杯的手臂拉过来，将自己的手臂环绕了过去，她看着沈青城笑着说："我数1——2——3，我们一起干了！"沈青城点点头，他们同时将酒杯凑近自己唇边仰头喝干了。

"你还有什么幺蛾子，一并都拿出来吧！"唐晚霞放下酒杯后，喘着粗气盯着易东挑衅地说。

易东看了一眼华琳，见她正意犹未尽得意地看着自己，于是他心领神会地眯起他那笑成一条线的眼睛死皮赖脸地笑嘻嘻说："我有个问题要问问你们，你们要如实回答哟。你们俩是不是对方的初恋？"

沈青城整个人愣在那里了，唐晚霞却淡定

地笑着施施然说：“什么叫初恋，我们俩连手都没拉过，算不算初恋呀？”

“对，我们连手都没拉过。算吗？！”听唐晚霞这么一说，这时的沈青城算是回过神来，理直气壮地追了一句。

看见易东被他们俩的话噎住了，华琳凑上来抢白了一番：“初恋啊，就是你们都喜欢对方，而且都知道对方也喜欢自己，不拉手也算！”说完，她得意扬扬地看着沈青城和唐晚霞，其他人也将目光投向了他们俩。

“嗯……”沈青城一脸的窘迫败下阵来。

易东一看他这个样子，乘机推了一下他说：“你说呀，说呀，是不是吗？”

唐晚霞见状即刻一把抓起沈青城的手，将十指相扣，理直气壮地说：“反正拉没拉过手都被你们说成这样了，我们还不如拉拉手，否则多冤啊！你们看吧，我们拉手了！”

大家一下子齐刷刷地将目光转移到他们拉着的手上，边起哄边嚷嚷着要和他们干杯。沈青城诧异地端详着唐晚霞，又看了一眼他们十指相扣的手，默然地举杯跟大家碰杯。即便在与大家碰杯喝酒的这时候，他们俩的手也一直没有松开过。

那一晚，是沈青城与唐晚霞相识二十多年来的第一次牵手。

数月后的一个半夜两点多钟，唐晚霞的手机响了，来电显示是沈青城的电话。电话里传来了他断断续续虚弱的声音：“晚霞……我出车祸了……”

听到这里，唐晚霞一下子睡意全消了，从床上坐了起来说：“你说什么?！你在哪里?”

“我已经打 120 了，你别管了，我只是想……想跟你说说话……我怕……怕万一死了，没机会跟你说……”沈青城忍着疼痛继续说着。

“你别说太多话了。你在哪里呀?”唐晚霞的心像被灼烧了一样着急得要哭出来了。

一股殷红的血顺着沈青城的脸颊流了下来，他挣扎着用手抹了一下，结果原来的一道血柱被他一抹，变得满脸都是，样子很是吓人。他喘着气接着说：“你听我说，我很后悔，后悔当年不够勇敢，后悔每次做选择的时候时机都没选对。对不起！我……直到刚才撞的那一下，我才明白了，只想见到你！想告诉你，我心里一直有你……”

“别说了，你现在别说这么多话!”唐晚霞此刻已泪流满面，她哽咽地打断了他。

“如果，我这次不死的话，我们可不可以

重新开始？”

“说什么呢？！呜呜……不会的，你不会死的，我不许你死。”唐晚霞失声痛哭，“你没有什么对不起我，是我，是我太傻太笨了，我早应该告诉你的，我心里一直有你。”

“嗯，你还没回答我……”

“你通知吴晓莹了吗？”唐晚霞这时的理性又战胜了她的感性，她边擦着眼泪边带着哭腔问道。

“……”

见他没有出声，她接着说：“她应该知道的。”

“没有。”

“通知她吧。”她轻轻地说。

“晚霞，我……我还想跟你说，说……”沈青城的声音越来越弱，直到没有了声音。

他晕厥了过去。

“你说什么？我听不见，喂，青城，青城，你怎么啦？”唐晚霞最后惊恐地喊了起来。紧紧拽着没有应答的电话，手缓缓放了下来。看着电话慌乱不知所措的她好像透过这个电话看到那头她所不知道的一切啊。略略调整了一下平静下来后，她想到了首尔的华琳夫妇，他们肯定有吴晓莹的电话。于是，酣睡中的华琳被这个急促的电话吵醒了。

“喂，我说，你是‘半夜鸡叫’的周扒皮呀?！喝多了发酒疯吗？……”

“你听我说，青城出事了……”没给华琳机会说下去，唐晚霞就打断她了。

等华琳明白过来后，她推醒了易东让他给吴晓莹去电。就在他们通知吴晓莹的同时，唐晚霞打了 120 一遍又一遍地询问接报的交通事故出事地址。在差不多那个时间段就有两个不同方位的路段车祸报派车，两个救护车都还没有回到各自区域的医院，她只好苦求对方将两个车祸地址都告诉她，然后她心急如焚地胡乱穿上衣服就开车出去找了。

当她开车去到选择寻找的第一个地址时发现已没有了救护车的踪影，只剩下拖车在准备拖那辆失事的车子，她发现这不是沈青城的车。折返到第二个地址时，远远地看到一辆救护车停靠在路边，靠近时她看到正准备抬上车的担架上的沈青城满是鲜血的脸，以及跟随着担架上车痛哭的吴晓莹。她将车刹住了，将头往座椅后一靠，长长地嘘了口气。与其说是松了口气，不如说是泄了气。此刻，她感到自己好虚弱，好像被掏空了一样，整个人就像在没有了地心引力的空间，失重坠落得如棉絮一样。她好想追着那辆救护车去，但她不能。她好想知道他的安危，在他身边握住他的手，但她不能。一种无能为力煎熬着她，眼睁睁看着自己的爱无计可施。

在度过这个漫长而又不眠的夜后，天刚刚泛白，唐晚霞等来了华琳的电话，通知她沈青城没有生命危险，肋骨断了两根，脑震荡加上头上破了一个口缝了许多针，需要住一段时间院。唐晚霞在听完沈青城平安的消息后才长长地嘘口气，紧紧拽着话筒的手也略放松了，但此刻她的心情依然没法完全平复下来，她的胸脯随着粗大的呼吸起伏着，斜靠在沙发上盯着天花板怔怔地发呆……“原来他心里一直放不下我，怎么办？我该怎么办？”唐晚霞想到这里又是欣喜又是痛苦，她陷入了困惑中。

在等待华琳夫妇回国探望沈青城的这段日子里，唐晚霞煎熬得很，与其说是在等待着面对沈青城以后那个自己，还不如说是一次面对自己内心情感和道德的交锋。

这一天的下午，“倾城咖啡”靠窗的那张桌子沐浴在柔柔的、慵懒的阳光下，桌上除了一只空咖啡杯，还有一本封面印着“正见”字样的书孤零零地躺在桌面上，显然这是上一台客人走的时候留下的。唐晚霞缓缓地走了过去，拿起那本书随意地翻阅了起来。忽然她的眼睛像是被吸铁石吸住了一样，盯着书中的一段文字看……于是她边看边慢慢地坐了下来。

那是一本有关佛教的书，那段吸引她看下去的是关于对“烦恼”的剖析，认为人的所有烦恼和不快乐都是因为有“执念”，也就是

“我执”，执着自己的东西，执着自己所认定的正确的，执着自己所想要得到的，等等，一切以“我”出发所感受的所有。放下这个“我执”，烦恼就破除了，想要放下“我执”，就要用“利他”的心……看到这里，唐晚霞的心就像是被点亮了一盏灯一样渐渐明亮了起来。是啊，所有的烦恼不就是因为他不是我的吗?!难道是我的，我就爱他，不是我的，我就不爱他了吗?!是与不是，我都会爱他！那他是我的，还是不是我的，还重要吗?

唐晚霞在与自己的“辩论”中渐渐对答案清晰了起来。

在接到了回国的华琳和易东夫妇俩后，唐晚霞准备和他们一起前往医院探望沈青城。她刚将汽车发动，后座的易东就“咳咳”两声，清了清喉咙说：“晚霞啊，我觉得，一会儿到了医院你最好别上去，就是那个……那个谁可能会有想法。你还是回去等我们的消息吧，我们会悄悄替你向青城转达问候的。”

“要你去鬼鬼祟祟转达什么呀，她自己去说就好了，有什么不妥的，老同学去关心一下不行吗?！我就不信她吴晓莹这么小肚鸡肠了，哼！”华琳机关枪一样的一阵抢白，翻白眼瞪了易东。

“老婆，我……我可是为了晚霞好呀。你不知道，吴晓莹她……她就是小肚鸡肠，她听说我们要去，就先跟我声明了一下，说不让带晚霞去。我问她为什么，她说自己明白那天晚上为什么是华琳通知她青城出事了，所以，她不想他们之间再有任何瓜葛。”易东一看华琳瞪眼就和盘托出了。

“我明白了。”唐晚霞黯然地说，停顿的

那一会儿，车里的空气就像凝固了一样，“放心吧，不会让你们为难的，我送你们去吧。”

“晚霞，你别多想哈，易东在这种情况下也是不好坚持的。你的心情我明白，相信青城他也明白，不会怪你不去探望他的。”坐在副驾驶座上的华琳边说边用手轻轻拍了拍唐晚霞的肩。

一提到沈青城的名字，唐晚霞一下就控制不住了，她的眼泪像决堤一样奔流出来。她边拭着那如珠链一般串串接连滑落的泪珠边呜咽地说：“他会的，会怪我的，因为我知道他在等着我去看他，他在出事的时候第一个想到的就是我，你们知道他现在多想见到我吗?!而我现在什么都为他做不了，甚至不敢给他打电话，生怕是吴晓莹接电话。这种感觉很难受，就像是丧失了一种能力，一种去表达爱的能力。”她继续哭着说，“这种痛比生离死别还痛，明明就在身边却不能靠近，不能为对方做任何事，只能远远地看着，心好痛啊！”

这是在多年同学后，唐晚霞第一次向华琳夫妇坦承自己对沈青城的感情。华琳用一只手轻轻抚着她的肩膀，另一只手抽出纸巾给她擦眼泪，又转头像是征询意见一样地看了一眼后座的易东。看见他像心领神会一样眨了眨眼睛叹了口气摇摇头，于是她转回头也叹了口气：“你可要想好了，这一步踏出去可回不了头了，我是了解你的，别到时又内疚后悔了。这种时候啊，等青城身体恢复后自己来做决定，到那时他要是选择再离一次，也跟你无关了。现在你别往上冲，留下话柄给别人就不好了。”

唐晚霞听完华琳的这番话后慢慢平静了下来，她接过华琳手中的纸巾用力擤了一下鼻涕，擦了擦鼻子后说：“谢谢你提醒我！我不会的，不会去要他为我做什么决定，如果会的话，我们之间也不用蹉跎到现在。放心吧！”

听见她这么说，华琳整个人松了口气：“对咯，我就说你不可能在这种时候去‘临门一脚’的嘛，你的为人我最清楚了。说实话，我其实挺想你们在一起的，这么多年了，经历了这么多事后，你们心里都还有着对方，挺不容易的。”

在华琳说这番话时，唐晚霞本已擦干泪的双眼又模糊了起来，泪珠悄然地滑落了。“我不会让他离婚的，那样的话，我会一辈子活在他老婆的阴影下，即便以后我们在一起生活，面对他我也会抬不起头的。”

“要是他觉得跟你在一起才幸福呢？你硬是逼着自己推开他，那不是一手摧毁了两个人的幸福吗?!”

“我怎么能确保他跟我一起就幸福呢?!况且，他既然能和吴晓莹复婚，证明他们还是有感情基础的，没有我的存在的话，他们也许会很幸福。”

“你这样说就不对了，要是像你说的那样，沈青城就不会在车祸以为要死的时候给你电话了，而是第一时间打给他老婆了。”

易东一看两个女人争论起来了，赶紧从后座将身体凑上前哭笑不得地说：“哎、哎……我说，老婆，你不是来劝的嘛，怎么立场倒转风向了?!”

唐晚霞在纸盒里抽出一张纸巾拭去脸颊的泪痕，缓缓地说：“我做不到！我知道，只要

‘临门一脚’，他就是我的了。但是我做不到！也许，这辈子就这样孤独终老，我也不会去为了得到他，以后一辈子在他面前抬不起头面对他。以前我以为生离死别是人最大的痛，现在我才明白，那种明明近在咫尺却无能为力，无法为他做点什么，那种爱落不了地悬在半空的痛，才是最大的痛。”

看到唐晚霞痛苦的样子，华琳俯过身拥抱着她，手在她背上轻轻拍着说：“算了，别再难过了，是你的终归是你的，不是你的再难过也没有用。”

唐晚霞怔怔地想了一会儿，缓缓地说：“是啊，是我的还是我的，不是我的依然不是我的。什么才是我的？我知道他心里有我，我心里有他，从某个角度看，我们其实从来没有分开过，也不存在要在一起。那么，我爱他也不一定要将他攥在自己手里，远远地守望着、守护着他的幸福，也是一种爱。”

华琳听到这里，竖起了大拇指用力在唐晚霞面前比画了一下说：“有道理啊，哲人啊，大爱！伟大的爱，我都感动得快哭了！”

易东堆起笑脸赶紧说：“快开车吧，在你悟道成伟大的哲人前快帮我找个厕所吧，快憋不住了！”

车子开到医院门前，唐晚霞对华琳说：“你不要跟他说是我送你们来的，也不要跟他说我刚才的那些话。”

总是在最后一刻，她的理性会赢了感性，虽然往往这样做一般会苦了自己，也许也未必就能成全了别人的幸福。不过，这一次，当她想明白，心苦是因为得不到，求不得，如果不执着这种在爱情中两厢厮守的单一存在状态和表现形式，守护所爱之人的幸福那种另类存在形式也是爱时，她的内心反倒很释然了。

第八章

离开

三个月后，沈青城来到了“倾城咖啡”，正在低头干活的唐晚霞没有注意到他已走到了跟前。当她抬起头时，正好与那明亮的笑意盈盈的双眸四目相对，那是她魂牵梦萦再熟悉不过的双眸了。“你怎么来了？你全好了?!”她眼里闪烁着欣喜的光，情不自禁地兴奋地喊着。

“好了，好人一个。”

唐晚霞与他在里面单间的榻榻米坐下后，小心地问道：“你今天怎么不先打电话就过来了？”

“我是失主，丢了东西，回来找啊。”沈青城意味深长地笑着看着她说。

“你丢什么了？”唐晚霞有点诧异又怀疑地看着他。

“你呀，我把你丢了，现在要找回去呀。”

“你才是东西呢。”唐晚霞才明白过来，气急败坏地说。

“那你不是东西咯？”看着被捉弄的唐晚霞着急的脸，沈青城得意地嘿嘿坏笑起来。

“你，太坏了！你这个坏人！”唐晚霞伸出手来轻轻地捶打了他几下。

“逗你玩呢，不逗你怎么笑呢？”沈青城边缩着脖子躲着她的拍打边说，“我还没怪你呢，太没良心了，我在医院时你怎么没来看我？”

唐晚霞停下手来，看着他一时黯然无语。

他留意到她的表情变化，问道：“怎么？没事吧？”

她深吸了一口气，抿了抿嘴唇，小心翼翼地说道：“有吴晓莹在照顾你，我不去也没什么。”

“嗯，你是为了这个呀。我来就是想跟你说一下，我准备和她谈了。这次住院我想了许多，回想起了很多我们过去的日子，也回想起那晚车子轰地一下撞上时，我脑袋当时有一瞬间是一片空白的。可是当我反应过来时，第一时间想到的竟然是你，那一刻我就知道，如果说我此生有什么未了的心愿的话，那就是你。我们都是四十岁的人了，如果说人生有八十岁的话，我们都活过半了，真没有必要难为自己，接下来的日子应该顺着自己的心意，为自己活着。”

“大难不死必有后福，你的福气还在后头呢。”

“对，你就是我的福气。”

“我？我不能确保自己就是你的福气，但是有一点可以确定的就是，我愿意看着你现在这个状态幸福地生活下去，你答应过我的，不会离婚的。记住啊！”唐晚霞看着沈青城有些诧异的眼神接着说，“你说得对，我们每一个人都要跟随自己的心，遵从自己的心活着，我现在的心意就是看着你的家庭完整地好好过下去。”

她边说边握了一下沈青城放在桌上的手臂，温柔地看着沈青城坚定地说：“我最近想明白了一件事，有时候，不一定拥在怀里、攥在手里的才是爱，放开手、守护着的也是爱，只要你好好的，你的幸福也会是我的幸福，我可以用另一种方式继续爱你，不是吗？”

沈青城定定地看着唐晚霞，看着她迎向自己时脸上那份笃定温和的笑，一种死寂一般的沉思，弥漫在他们中间。渐渐地他眼睛泛红了，泪水渐渐漫了上来。

在飞机上唐晚霞看了一部电影《被偷走的那五年》后，泪水又布满她的双眼了，她赶紧起身向洗手间走去。洗手间内的她抽出了数张面巾纸，用纸巾捂住自己失声痛哭的嘴，她已记不起自己多久没有这样尽情肆意地痛哭过了，瘫坐在坐厕板上哭得弯下腰，背部随着她的抽泣一下一下地起伏着。她边哭边在想：时间啊，真是个小偷，我们被偷走的又岂止那五年哪，是足足二十五年啊！唉，不是说好了要放下吗？我怎么又“执着”

起来了？可是“破执”怎么这么难啊！

也不知过了多久，洗手间门外传来了嘭嘭嘭一阵急促的敲门声，随着急促的敲门声响起了空姐着急关切的声音：“您好！您在里面没事吧？”

唐晚霞一边擦干眼泪将纸巾丢进马桶冲走，一边对着门外说：“没事，我没事的，现在就出来。”说这些话时，她心里对自己说：打开这扇门出去后，你就重新开始了，将过去的都留在这里冲走吧！

首尔北村民俗村的一处转角的路边，也就是当年沈青城表白时与唐晚霞追逐过的那条街上，一间质朴的木结构的朝鲜民居风格的房子门上赫然挂着一个刻着韩文和中文的“倾城茶吧”木匾。茶室内，唐晚霞忙碌地在茶桌旁教客人如何使用茶具泡茶，只见从茶壶的壶嘴里流出酒红色的水缓缓注入到了茶海器皿里，她一边将茶海里的酒红色茶水倒入茶杯中分给客人，一边用韩语告诉客人，这是洛神花茶。她从坐垫上站起身，笑意盈盈地看着客人已开始上手沏茶了。透过茶桌旁的落地玻璃窗看出去是那层层叠叠错落有致的民居屋顶，以及远处青瓦台后面那座云雾缭绕中如水墨画般的白岳山。

The End